小学館文庫

自選短篇集
歴史ミステリー編

天正十二年のクローディアス

井沢元彦

小学館文庫

目次

天正十二年のクローディアス

「最近、忠臣蔵に凝っているようですね」

「うん、いずれ忠臣蔵をテーマに歴史推理を書くつもりだ。いずれと言っても遠い先のことではなく、今年中に間に合うと思うよ」

「事件をストレートに扱うんですか」

「ストレートという意味がよくわからないが、別に時代小説を書くわけじゃない。忠臣蔵そして、そのモデルになった元禄赤穂事件の謎をすべて解明する。諸説紛々たる忠臣蔵について、決定版を出すつもりだ」

「大きく出ましたね。でも、忠臣蔵と赤穂事件、区別する言い方をするのは何故ですか」

「実際に起こった歴史上の事件を赤穂事件と呼び、それを演劇化したものを忠臣蔵と呼ぶわけだ。事実と、脚色された虚構、当然二つは別のものだ。それを峻別《しゅんべつ》しない限り歴史の真相は見えてこない。――これまではあまりにも『赤穂事件』の謎と『忠臣蔵』の謎が混同され過ぎてきた。だから、しっかりと分けて考えていこうということさ」

「面白そうだな。その中味をちょっと教えてくれませんか」

「――あまり言ってしまうと、面白味が減ってしまうんだけど」

「いいじゃないですか、少しぐらいなら」

「非常に抽象的な言い方をすれば、日本人にとって忠義とは何か、その謎を追究することになるだろうね」

「――――？」

「忠義こそ忠臣蔵のメインテーマじゃないか。忠臣とは忠義を尽くした臣のことだろう。だったら、忠義の正体を余すところなく解明しなければ、忠臣蔵の謎は解けはしない」

「その忠臣蔵の謎と言いますと、具体的にはどんなことを指すのですか」

「たとえば、演劇としての忠臣蔵が何故あれほど熱狂的に迎えられたか、とか。実際の赤穂事件の真相はどうだったのか、とか。――まあ、これくらいでやめておこう。謎の提起も、推理小説の面白味のうちだからね」

「ケチだなあ」

「種明かしをしたあとマジックを見ても、ちっとも面白くないだろう」

「それはそうですけど、忠義なんてカビの生えた道徳をテーマに扱っても、本当に面白い小説が出来るのかなあ」

「出来るさ。出来なければ書いても意味がない」

「一部のマニアだけにウケる小説だったりして」

「そんなことはない。忠臣蔵についてまったく知識の無い人でも、わかるように、楽しんでもらえるように書くさ。勿論、そのために事実を曲げたりはしない」

「本当かな。とにかく、忠義というからには、武士道という問題にも触れなければいけませんね」

「当然、そうなるね」

「じゃ、たとえば佐賀の鍋島藩の、あの有名な武士道の聖典。——ええっと、何ていいましたっけ？」

「『葉隠《はがくれ》』かい？」

「ええ、それです。確か『鍋島論語』とも言われた武士道の聖典でしょう」

「ああ」

「武士道は死ぬことと見つけたり、忍ぶ恋こそ最も深い、そんな名文句がありましたね。あれにも当然触れるんでしょう」

「――――」

「おや、どうしたんです」

「あまり触れたくないね。酒がまずくなる」

「どうして」

「ぼくは、あんなものに価値を認めていないからね。できれば無視したい」

「そんなこと言っていいんですか。佐賀の方から石が飛んできますよ」

「そんなことはないさ。あれの評価については、もう明治時代に佐賀県出身の大物が、ちゃんと評価を下している。実にくだらない書物だとね」

「誰です、その大物って？」

「大隈重信《おおくましげのぶ》さ」

「大隈重信って、あの明治時代の政治家の？」

「そう、ぼくの母校早稲田大学の創立者でもある」

「彼は何と言っているんです」

「葉隠をケチョンケチョンにけなしているよ。彼は幕末の佐賀藩士で、実際に葉隠教育を受けているんだが、最大級の罵倒を浴びせているよ。こんな言い方だったな。葉隠は実に奇異な書物である。要するに言っているのは武士はただ一死をもって佐賀藩のために尽くすべしということだけだ。この天地に佐賀藩よりも貴いものはない。しかも、開巻の言い草がいい、釈迦も孔子も楠公も信玄も、かつて鍋島家に奉公したことがないから崇敬する必要はない――」

「すごいセクショナリズムというか、地方主義っていうか。でも、ナンコウって何です」

「南北朝時代の大忠臣楠木正成《くすのきまさしげ》のことだよ。後醍醐天皇《ごだいごてんのう》に絶対の忠誠を尽くした武将のことさ」

「すると、その正成を崇敬する必要がないってことは、つまり天皇に対する忠誠よりも何よりも佐賀藩への忠誠が上ということですか」

「その通り。藩や藩主の鍋島家への一切の反抗は許されない。たとえ何を言われても盲従する。君君たらずとも臣臣たらざるべからず、というやつさ」

「でも、それが武士道なんでしょう」

「そうだと答えるのには、かなり抵抗があるな。確かに武士道にはそういう面がある。主君に対しての絶対の忠誠、たとえ主君の行動が道にはずれていても、従うというころがね。でも、葉隠の武士道というのは、その点を考慮に入れても、かなり特殊な、地域を限定したものと言えるね。確かに藩主に対する忠誠はどこの藩でも説く。しかし、佐賀藩鍋島家というものを、他の全国のどのような権威、たとえば天皇家や将軍家よりも貴いとしたような例はない。普通はそこまでは強制しないものだ。この鍋島家絶対主義は他のどの藩にもない」

「どうして、それが生まれたんです。もともと佐賀の武士というのは忠誠心に篤《あつ》いのかな」

「はっはっはっ、こりゃおかしい。最高だね、君の考えは」

「何がおかしいんですか」

「君の言うことがあまりにマトはずれだからさ。君は本当に素直ないい性格をしているんだね」

「あんまり笑わないでください。ぼくだって怒りますよ」

「失礼。でも、忠誠心に篤い土地柄から絶対の忠誠を説く書物が生まれるか――。いかにも筋が通っているようだけど、歴史はそんな単純なものじゃないよ」

「じゃ、どうして佐賀に鍋島家絶対主義が生まれたんですか。他の地方に例のないほどの藩主絶対主義が？」

「答えなけりゃいけないかい」

「そりゃ答える義務がありますよ。ぼくのことを嘲笑したんだもの」

「嘲笑とはオーバーな」

「嘲笑ですよ。ぼくの考えがマトはずれだと言いましたね。どこが、どうマトはずれなのか、ちゃんと説明してくれませんか」

「悪い酒だな、どうも」

「教えてくださいよ。その絶対主義の生まれた謎を」

「君は、鍋島の化猫騒動の話を知っているかい？」

「――――」

「ほら化猫だよ。女に化けて、夜になると猫に戻って行灯《あんどん》の油をなめるという――」

「テレビの怪談映画で見たような気もしますが、あれは有馬家の話じゃなかったですか」

「有馬にもあるが、あれはむしろ傍流でね。本家本元は鍋島だ」

「でも、それは伝説というか、その、フィクションでしょう」

「勿論そうさ。だが、なぜそういうフィクションが生まれたか、その理由を探っていくと、歴史の真相が見えてくる」

「それが、藩主絶対主義や葉隠と何か関係あるんですか?」

「あるとも、大ありだよ」

「葉隠と化猫が?」

「そんな疑わしそうな目付をするなよ。実はその二つ、つまり葉隠と化猫は、共に一つの事件を写した陰画と陽画のようなものなんだ。それが理解できれば、君の提起した謎も充分に解明できる」

「本当かなあ」

「じゃ、実際にやってみせよう。ところで君は、鍋島化猫騒動、つまりいわゆるフィクションの内容を知ってる?」

「いえ、詳しくは知りません」

「じゃ、まずそれから説明しよう。あくまでフィクションだが、その事件は佐賀藩二代目藩主鍋島光茂《なべしまみつしげ》の時代に起こった。光茂はある夜、盲目の青年龍造寺又七郎《りゅうぞうじまたしちろう》を呼んで、碁を打っていた。又七郎は光茂にとって、いわゆる碁仇であって、光茂は勝負を楽しみにしていた。ところが、その晩は光茂の調子がいつになく悪く、三局続けて負けてしまった。そこで光茂はもう一局、勝負を挑んだ。しかし、この局でも光茂はじりじりと追い詰められ、肝心なところでポカを打ってしまった。そこで光茂は待ったをかけた――」

「又七郎はどうしました」

「待ったは認めぬ。絶対に嫌だと突っぱねた。腹を立てた光茂は刀を抜き、又七郎を無礼討ちにした。この知らせを聞いた又七郎の母は気も狂わんばかりに嘆き悲しんだ。

無礼討ちとは何事。いかに光茂殿とて許せぬ、とね」

「どうしてですか？　相手は主君でしょう。理由はともあれ、無礼討ちは許せぬという言い方は、家臣としては不遜じゃないですか」

「ところが、そうじゃない。龍造寺家というのはもともとは鍋島家の主筋にあたる家柄だったんだ」

「――――？」

「あることがあって、龍造寺家は大名の地位から脱落した。代って元は龍造寺家の家老をつとめる家柄の鍋島家が大名になり、龍造寺家はその保護を受ける身分に成り下がってしまったんだ」

「どうして、そうなったんです」

「その事件については、あとで実説のところで説明しよう。とにかく龍造寺家というのは鍋島家の主筋であるということは、フィクションではなく事実なんだ。これを頭の中に入れておいてくれ。さて、化猫怪談の続きだが、又七郎の母は、この恨み死んで晴らしてくれると懐剣で喉をかき切って自害した。この女性は一匹の猫を大層可愛がっていたが、その猫は飼主の血をなめ尽くすと、いずこともなく消え去った。さあ、それからだ、光茂が出没する化猫に悩まされるようになったのは。実は、あの又七郎の母の飼猫が化猫となり、光茂の愛妾の一人を食い殺してその姿に化けていたのだ。光茂は病いに倒れた。しかし、光茂の家来の一人が、化猫が夜になって元の姿に戻って行灯の油をなめているところを発見して、見事槍で突き殺した。これ以後、光茂の病いも快癒した。——これが怪談鍋島化猫騒動の一席」

「なかなか面白い話ですね。で、実説の方はどうなんです」

「実説では、鍋島光茂の祖父直茂《なおしげ》の代から話が始まる。又七郎は実説では龍造寺高房という若者だが、この祖父にあたる人に龍造寺隆信《りゅうぞうじたかのぶ》という名君がいた。名君といっても時代はちょうど戦国末期、秀吉の天下統一の勢力が九州にまで及んでくる頃だから、豪傑といった方が正確かもしれない。この時代、大名というのは戦争に強くなければ話にならないからね」

「その龍造寺隆信という人は強かったんですか」

「ぼくは戦国時代における九州第一の豪傑だと思うね。少なくとも三本の指には入るだろう。彼は九州のうち五州を制したと伝えられている。つまり九州の北半分をほぼ手中に収めた」

「でも、ぼくはそんな名前は聞いたことはなかったなあ。九州の大名というと、島津とか立花とか――」

「それは彼が秀吉、家康の時代まで生き残れなかったからさ」

「そうそう、鍋島の、直茂ですか、彼と隆信との関係は？」

「龍造寺隆信の家老が鍋島直茂なんだ。つまり鍋島は龍造寺の家来に過ぎない。臣下に過ぎない。これはとても大事なことだから、ぜひ頭に入れておいてくれ」

「わかりました」

「龍造寺家の悲劇は天正十二年（一五八四）に始まる。これは秀吉の九州征伐が始まる三年ほど前なんだが、当時、九州の北半分は龍造寺が押さえ、南半分は島津が押さえていた。そして島津は、一度は龍造寺方に服属していた有馬《ありま》晴信《はるのぶ》を離反させ、龍造寺討伐の軍を起こした。つまり九州統一タイトルマッチというわけだな。島津、有馬の連合軍は総勢一万足らずだったと伝えられている」

「龍造寺軍は？」

「五万七千」

「なんだ、じゃ勝負にならないじゃありませんか」

「ところが、そこが面白いところで、負けたのは龍造寺軍の方だったのさ。それも大将の隆信の首を取られるという大惨敗だ。ここで彼はそれまで築き上げた名声を一挙に失くしてしまったんだな。ちょうど今川義元が戦国大名の雄であったにもかかわらず桶狭間《おけはざま》の敗戦ですべての地位と名誉を失ったように」

「でも、それも仕方がありませんね。兵力が一対五・七でしょう。それで惨敗するなんて」

「ああ、その兵力のことだけど、実際はそれほど開きがあったとは、ぼくは思っていない。戦国時代であれローマ時代であれ、およそ戦記というものの読み方にはいくつか原則がある。まず、敵の軍勢というのは多目に書かれる傾向がある」

「どうして？」

「戦記というものは勝者側の記録であることが多い。敗者は滅亡してしまうから記録など残せないからね」

「――――？」

「勝者というものは、敵は多かった、敵は強かった、と言いたがるものなんだよ。わからない？　つまりこれは自慢話の裏返しなんだ。その強い多数の敵を、われわれは少数で撃破した、ということを暗に言っているのさ」

「ああ、そうか」

「それからもう一つ注意しなくてはいけないのは、勝者でも敗者でもない中立の側から書かれた記録でも、兵数については眉につばをつけて見る必要がある。伝聞をそのまま記している場合があるからね」

「伝聞じゃいけませんか」

「当時の軍勢というものは、進撃にあたって人数を誇大に言い触らすという傾向がある。これはわかるだろう。二万を三万、三万を四万と言っておけば、敵に対する威嚇効果があるからだ。今だってデモの動員数の水増しなんてあるだろう」

「なるほど」

「だから、島津連合対龍造寺の兵力は、実際は一対三ぐらいの比率だったと、ぼくは考えている。それにしても大優勢であることはまちがいない」

「でも、その龍造寺隆信って男、結局武将としても大した男じゃなかったんですね。そんな有利なはずの戦いに負けて、しかも首を取られるなんて」

「――――」

「おや、どうしたんです」

「龍造寺隆信の武将としての評価については保留しておきたい部分があるんだな。とりあえず先に進みたいんだが、いいだろうか」

「ええ、どうぞ」

「隆信敗死という驚天動地の大事件から、いよいよ龍造寺家の悲劇が始まる。その第一は隆信の息子政家《まさいえ》が凡庸だったということだ。龍造寺家はたちまち崩壊の危機に瀕した。そこで表舞台に登場するのが先代からの家老鍋島直茂だ。直茂はその卓抜した政治力で危機を救った。危機はまず二度訪れた。一度はこの内部崩壊の危機、そして秀吉の九州侵攻だ。外交もうまかった直茂は秀吉に巧みに取り入り、龍造寺家の本領安堵に成功した。つまり秀吉政権下でも無事大名として生き残ったんだ」

「直茂というのは、龍造寺家にとって大忠臣・大功臣というわけですね」

「ふふ、ここまではね」

「――――？」

「このあたりだろう。直茂の心に野心が芽生えた。本家の龍造寺家を乗っ取ってやろうという野心がね」

「小説家、見て来たような嘘をつき、じゃないんですか？」

「とんでもない。直茂はのち実際に龍造寺家を乗っ取っているんだからね。想像ではないよ」

「つまり実力がある臣下が、無能な主君を押しのけて実権を奪った」

「そう古今東西よくある話さ」

「中世ヨーロッパのカロリング家のピピンみたいな立場ですね」

「おっ、学があるね。だけど、西洋の例を出すなら、むしろシェークスピアの『ハムレット』にたとえて欲しいね」

「ハムレット？　つまり龍造寺政家がハムレットで、鍋島直茂が悪役クローディアスですか」

「そういうことになるね」

「でも、それはちょっとおかしいな。ハムレットの殺された父王と、クローディアスは兄弟なんでしょう。それに父王の妃、つまりハムレットの母が、そのクローディアスと結婚してしまう。そこでハムレットは『弱き者、汝の名は女なり』と悩む」

「そう、言い忘れたが、似たような話はあるんだ。龍造寺隆信の母は隆信を生んだあと、夫を失い、家臣である鍋島家へ嫁入りしている」

「えっ、主君の母親が、家来の家へですか？」

「相手は、これまたやもめ暮らしの鍋島清房《なべしまきよふさ》だ。この清房は直茂の父、つまり、この縁で隆信と直茂は義兄弟になったというわけさ」

「どうして、そんな婚姻が成立したんでしょう」

「わからないね。ただ一つ言えることは、龍造寺にとって鍋島家というのは、ぜひとも味方につけておきたかった一族だったのだろう、ということさ」

「なるほど、それで直茂はどうしました」

「直茂にとって、もっけの幸いだったのは、この時が豊臣秀吉の全盛期とぴったり重なったことだ。直茂は龍造寺家後見役の名目で、しばしば秀吉に取り入った。そして、ついに主君の政家を隠居に追い込むことに成功した」

「隠居って、政家はそんな年じゃないんでしょ。どうやって隠居させたんです」

「三十五歳だった。体もどこも悪くない。秀吉を利用したんだよ。天下人秀吉から政家に対して隠居命令を出してもらったんだ。もちろん、そのためには秀吉の機嫌を取るために、あらゆる手立てを講じたに違いない」

「それにしても隠居の理由がいるでしょう」

「ちょうどこの時、朝鮮出兵があった。秀吉は政家に軍事指揮能力がないという理由で、隠居を命じたんだ。まあ、実際、政家という人は何万もの大軍を指揮するような器量はなかったらしい」

「でも、それなら鍋島直茂が補佐すればいいでしょう。そのための家老なんだから」

「世は下剋上の時代なんだよ。誰もが隙あらば上司の地位を奪ってのし上がろうとしていた時代だ。直茂にそんな忠義を期待しても無理ですよ」

「それで、直茂は首尾よく主家追い出しに成功したんですか」

「そう簡単にはいかないよ。政家は隠居させたが、その子がいる。当時五歳の長法師《ちょうぼうし》丸《まる》、のちの藤八郎高房《とうはちろうたかふさ》だ。いいかい、藤八郎だよ」

「ははあ、それが講談化猫騒動に出てくる又七郎ですね」

「そうなんだ。この高房がいる以上、直茂はまだ佐賀の国の領主にはなれない。直茂はあくまで、藤八郎高房が成人するまでの後見役という形になった。もっとも形だけのことで、実質は佐賀の領主も同然だ。しかし、あくまで高房は主君。そこで直茂は龍造寺一族立ち合いのもとで、高房が十五歳になったら国政を返す旨したためた起《き》請文《しょうもん》を差し出した。そのことを神に誓い、破れば神罰が下っても恨まない、というやつさ」

「なんか、どこかで聞いたような話ですね」

「そうだろう。同時代の、徳川家康と豊臣秀吉の息子秀頼との間の話によく似ている」

「天下人秀吉が死ぬ時の話ですね。秀吉が、幼児だった秀頼の行末を家康に頼む」

「そう、それも、自分の死んだあとも秀頼を主人と仰ぎ、その天下人であることを認めてやってくれという、ムシのいい願いだ」

「ムシがいいですかね。家康は秀吉の家来だったんでしょう」

「おいおい、君までが忠義というカビの生えた道徳律にこだわるのかい。厳密に言えば、家康は秀吉と同僚だ。ともに織田信長の配下として働いていた頃もそうだし、秀吉が天下を取ってからも、秀吉は関白太政大臣、家康は内大臣だから、ともに天皇の直臣として同僚といえる」

「しかし、それは余りにも形式的な論議じゃありませんか」

「いや、実質的にもそうだよ。秀吉と家康はもともと独立した大名だ。秀吉は信長の下僚に過ぎない時代があったから、むしろ家康の方が格上とさえ言える。家康が秀吉の家臣の形になったのは、秀吉晩年の一時期だけだ。少なくとも、龍造寺と鍋島のような明確な主従関係はない」

「だから、家康は秀吉の息子を殺して天下を取ってもよかった?」

「そう、力の世の中だからね。あまり知られてないけれど、秀吉だって、かつての主君信長の子供を殺しているんだ。因果応報ということもある」

「でも、鍋島直茂の場合は許せない。なぜなら、龍造寺と鍋島は主従関係にあるのだから」

「江戸時代の朱子学者のようなことを言うなよ。力の時代ですよ、力の時代。忠義なんてものはありませんよ。すべてギブアンドテイク。領地や金をくれるから、その主君のために働く。主君が無能で何も得るところがなければただちに去って、別の主君に仕える。もっとビジネスライクでドライな時代ですよ」

「へーえ、意外だなあ。ぼくはもっと直茂のことを非難するかと思いましたよ」

「非難はしない。後世の道徳律をあてはめて、マルやバツをつけたりはしない。それがぼくの歴史の見方の基本なんだ」

「わかりました。で、直茂はそれからどうしたんです？」

「彼は中央権力に取り入る天才だった。時代の権力は秀吉から家康へと移ったが、彼は常に権力者に気に入られ、やがて主家をしのぐ勢いを得ていった。実に陰険なやり方でね」

「たとえば、どんなやり方です？」

「嫌がらせだな。たとえば藤八郎高房は名目上とはいえ、佐賀の領主だ。その館は当然佐賀城内になければならない。しかし——」

「なかったんですか」

「直茂が作らなかったのさ。城からはるか離れたところに粗末な館を建てただけだ」

「ひどい話だな」

「そのうちに、直茂は龍造寺家名代ということは口に出さずに、佐賀の領主としてふるまうようになった。おそらく幕府にも相当つけ届けが行っていたんだろう。幕府はこれを黙認した」

「高房はどうしたんです？　碁の席で暗殺されたんですか？」

「講談では高房を斬ったのは光茂ということになっていたね。この光茂というのは、実在の人物で鍋島藩二代目の藩主だ。その間に勝茂《かつしげ》という人がいる。つまり直茂―勝茂―光茂という系譜が成り立つんだが、実説の高房が死んだのは、この勝茂の時代ということになっている」

「殺されたんですか」

「佐賀藩の記録では、国政を返すという約束を守らない鍋島一族に腹を立てた高房の方が、直茂暗殺をはかり失敗し、若妻を道連れに心中したということになっている。あくまで佐賀藩の言い分だけどね」

「ははあ、要するに勝者側の発表ということですね」

「そういうこと。昔の人なら、大本営発表と言えばわかるかな」

「古いなあ。ところで、高房の父親はどうなったんです？　龍造寺隆信の息子政家は？」

「その時までは生きていたんだ。ただ息子の高房夫婦が死んでしまった直後、政家もそのあとを追うように死んでしまう」

「死因は何ですか？」

「そんなこと鍋島直茂にでも聞いてくれよ。ただ事実だけを言えば、高房の死後一月たたないうちに政家も死に、これでめでたく龍造寺の直系の子孫は根絶やしになったということだ」

「直茂に聞けばよかったな。それにしても都合よく死んでくれたものですね」

「まったくだね。本来なら、こういう場合、佐賀藩は幕府に取りつぶされるはずなんだが、不思議なことに藩主の座を鍋島家が継ぐことが許された。ここに直茂の息子の勝茂が正式に肥前佐賀初代藩主となったのさ」

「それにしても直茂って男はついてますね」

「どうして？」

「どうしてって、もし龍造寺隆信が不慮の戦死を遂げなければ、直茂は一生龍造寺家の家老で終ったわけでしょう」

「まあ、そうだね」

「龍造寺隆信もタイミングよく死んでくれたものですね。だって、政家という凡庸なあとつぎしかいない時に死んでくれなければ、直茂の主家乗っ取りは成功しないわけだから」

「ふふふ」

「何がおかしいんですか？」

「君の人柄のよさに感激しているのさ。まったく君は、推理小説の編集者にしておくには勿体ない人物だよ」

「――？」

「まあいい。それより次に行こう。君が聞きたいのは、化猫と葉隠の関係だったね」

「ええ、それがどうつながるんです」

「その前に葉隠について、ちょっと必要な点に触れておこう。著者というか口述者は、山本《やまもと》神右衛門《じんえもん》常朝《つねとも》といって、二代藩主光茂に仕えた佐賀藩士だ。光茂が死んだ時、常朝は殉死しようとしたが果たせず田舎に引っ込み、口述したのが葉隠だ。葉隠の特徴はきわめて偏狭な鍋島家絶対主義だ。――ここまではいいね」

「ええ」

「ところで、ほぼ同時代、いや少し前だが、中央の徳川幕府は朱子学を導入しようとしていた。これは家康の意志だったことは証拠がある。幕府は、なぜ朱子学を導入しようとしたんだと思う？」

「それは、主君に対して絶対の忠誠を説く哲学だからでしょう。支配者に都合のいいイデオロギーだから――」

「そう、正確に言えば、諸大名に対して幕府支配の正当性を確保し、二度と戦国の世に戻らぬようにするためだ。平和が目的というのではない。力が力を倒すような世の中のままでは、いつ幕府を倒そうとする者が現われるかもしれない。その反逆者の出現を防ぐため、主君に対する絶対的な忠誠を要求する哲学が必要だったんだ」

「徳川が豊臣の天下を奪ったように、徳川の天下を狙う者が出ては困るということですか？」

「そう」

「勝手な理屈だなあ」

「権力者なんてものは、もともと勝手なものさ」

「家康だって、豊臣家から見れば主家を奪った反逆の臣でしょう」

「それを朱子学の、と言うより日本的朱子学と言った方が正確だが、その用語で簒臣《さんしん》というんだ。しかし、さっきも言ったように、ぼくは家康は必ずしも簒臣とは見ない」

「同格だったからですか」

「まあ、そうだ。だけど龍造寺から見れば、鍋島はまちがいなく簒臣になる」

「あれ？　先程は家康も直茂も同じだというようなことを、おっしゃいませんでしたか」

「言ったよ。それは歴史上の人物を特定の色メガネでは見ないからだ。朱子学という色メガネで見れば、家康よりも直茂の方がより明白に簒臣ということになる」

「それが何か意味があるんですか」

「あるとも。支配者は自らの支配を正当化し固定化するためにイデオロギーを導入する。家康の場合は朱子学を採用した。しかし、鍋島藩はそうはいかない」

「なぜ？」

「朱子学の見地から見れば、直茂は、鍋島一族は明白に簒臣だからだ。これは議論の余地がない。ところが朱子学では簒臣は最も許されざる悪人の類い、忠義な臣ならば必ず討ち果たさなければならないものと定義している。だから、うっかりナマのままの朱子学を導入してしまうと、それを信奉して龍造寺一族に忠誠を誓い、簒臣鍋島家を滅ぼそうと考える連中が出てくるかもしれない」

「でも、龍造寺一族は根絶やしになったんじゃないんですか？」

「いや、正確に言うと、高房の妾腹《しょうふく》の子が秘かに難を逃れて育てられていたんだ。この子は寛永十一年（一六三四）に、幕府に龍造寺家の再興を願い出ている。もちろん、却下されたがね」

「ははあ、つまり鍋島家は龍造寺一族という爆弾を抱えている？」

「その通り。龍造寺はかつて鍋島の主人だったという事実、これは消せない。消せない以上、うっかり朱子学を導入すると大変なことになる。鍋島家から龍造寺家への〝大政奉還〟を求める〝忠臣〟が出てくるかもしれない。そうなったら鍋島藩存立の危機だ」

「なるほど」

「当然、鍋島家支配のためのイデオロギーは朱子学そのものではなく、ある修正をほどこしたものでなくてはならない」

「つまり鍋島絶対主義ですね。外部の倫理基準を持ち出して、鍋島家を批判するようなことは許されない」

「その通り。だから葉隠の武士道というのは、あくまで〝鍋島の、鍋島による、鍋島のための〟哲学なんだ。どう、ひいき目に見ても、外部の人間にはまったくかかわりのないものだ」

「なるほど、だから無視しているんですね」

「今でも、これを武士道の基準のようなことを言っているトンチンカンな人がいるが、その成立事情を考えれば、そんな考えが出てくるはずがないんだ。既に明治時代に佐賀藩出身の大隈重信が『下らない』と決めつけているんだよ。あれは極めて特殊な事情のもとに成立した、極端に偏狭なイデオロギーだ。もはや鍋島藩の存在しない今、誰にとっても無用のものだよ」

「ははあ、なかなか厳しいことを言いますね。しかし、現在でもあれを武士道の基準とし、そこから普遍的な原則を引き出そうとする人もいるんじゃありませんか」

「それは、いるだろうね」

「どうして、鍋島藩が無くなったのに、そういう人はなくならないんですか」

「それは——。ちょっと一口には説明できないな。詳しくは今度出す本を読んでくれ」

「ずるいな」

「そう言われても困るよ。葉隠の問題だって、君に納得させるのにここまでかかった。それを始めたら、もっと時間がかかってしまう」

「でも、もう終ったわけでしょう、だったら」

「まだ、終っていない」

「――――?」

「君は自分で求めたことを忘れてしまったのかな。君は最初に、ぼくが笑ったのに対してこう言ったよ、ぼくの意見のどこがマトはずれなのか説明して欲しい、ってね」

「でも、それは終ったんでしょう」

「君は、佐賀の武士というのは特に忠誠心に篤いのだろう、と言ったね」

「そうじゃないことはわかりましたよ」

「いや、まだ充分にわかっていない」

「――――?」

「ぼくは、最初に鍋島直茂を『ハムレット』のクローディアスにたとえたね。あの意味が君にはわかっているのかな」

「それはつまり、龍造寺隆信の母が直茂の父親のところへ再嫁して、二人は義兄弟になったということでしょう。隆信の義理の弟である直茂が主家を乗っ取った。そこがハムレットのストーリーに似ているということなんでしょう?」

「そうだよ。しかし、それだけじゃないんだ」

「わかりませんね」

「もう一度、クローディアスのことを聞こう。悲劇『ハムレット』においてクローディアスというのはどんな人物だったか」

「やれやれ、イギリス文学の授業みたいだな。つまり彼はすべての悪の原因ですよ。デンマーク王の弟ながら、その兄王を毒殺し王の位を奪い、その妻まで奪い、ハムレットを孤独の苦しみにおとしいれる悪の張本人──」

「そうさ。じゃ、もう一度聞くけど、龍造寺家の悲劇の発端というのは一体何だった?」

「龍造寺隆信が不慮の死を遂げたことでしょう」

「そう、順当に行けば負けるはずのない戦いで、しかも歴戦の強者が呆気《あっけ》なく首を取られた。家老の直茂は無事だったというのに。君の言う、実にいいタイミングで隆信は死んでくれた──」

「じゃ、まさか」

「おっと、証拠はないよ。だけど、昔から犯罪捜査の大原則として『その犯行によって最大の利益を得たものを探せ』というのがあるだろう。天正十二年の龍造寺隆信の死によって最大の利益を得たのは直茂だ。これは誰も否定できない事実だよ。しかも、実にタイミングがよかった。もう三年ほど隆信が長生きしていたら、秀吉は隆信と直接結ぶか、あるいは戦い、いずれにせよ直茂が大名になるチャンスは無くなっていたはずなんだ」

「ようやく、マトはずれという意味がわかりましたよ」

「どうやら君は、こんなヤクザな商売より、神父や坊さんの方が向いているんじゃないのかな」

修道士《イルマン》の首

一

わたくしでございますか？　わたくしは右大臣織田信長様の御城下安土《あづち》にある神学校《セミナリオ》で、神にお仕え致しております修道士《イルマン》でございます。

安土は美しい町でございます。

琵琶湖の東岸から二レーグア（里）ほど東にあり安土城を中心に整然とした町並みが続いております。御城は信長様が三年の月日をかけ天下の名工を集めて築かれた、それは見事なもので、春の風やわらかなころ七重五層の天守が近くの西の湖の水面に映るさまは、まさに地上の楽園を思わせるものがございました。われらが師ルイス・フロイス様も、安土の町を日本で最も気品があり、位置と美観と建物と住民の気高さにおいて他のあらゆる町を凌駕している――とローマへ報告されております。町は長さ二十レーグア、幅が二ないし三レーグアで、信長様の楽市楽座の方針のためか商業がさかんでございます。もちろん天主《デウス》の教えも信長様の庇護のもと、信者が増えてき

ございます。安土セミナリオは城下の南の下豊浦というところの埋立地にございます
が、当初は敷地も狭く教会の三階をセミナリオとして使っておりました。校長は司祭《パードレ》
オルガンティーノ様で、ラテン語の教師にカリオン神父、メスキータ神父がおられま
す。またセミナリオでは音楽も希望者に教授することにしており、オルガンやクラヴ
サン（チェンバロ）やハープなど、美しい音色が安土の町に流れるようになったので
ございます。

信長様はことのほか西洋の音楽がお気に召され、よくセミナリオに演奏をお聞きに
いらっしゃったものでした。

最初におみえになったのは、確か、主イエス・キリストの生誕より千五百八十年目
（天正八年）の十一月、ちょうど万聖節《ばんせいせつ》の二日後でございました。わたくしどもはそ
の日、いつものとおり朝五時半に起きミサと朝のお祈りをすませラテン語の学習を行
なっておりました。わたくしは、一年ほど前に法華宗《ほっけしゅう》から改宗し熱心な信者となった
シメオン修道士にラテン語の手ほどきをしておったのでございます。

わたくしとて改宗者でございますからラテン語が自由に使えるわけではございませ
ん。しかし、初歩の初歩ぐらいなら何とかわかりますし、この程度のことでカリオン
様やメスキータ様のお手をわずらわせるわけには参りません。デウスの教えを奉ずる

者にとってラテン語の学習は欠かせませんので、シメオン殿は熱心な生徒でした。

祈りの言葉を唱えるのも、聖歌を歌うのも、ラテン語が基本でしたし、なによりシメオン殿は直接自分の手で聖書《ヴルガタ》を読みたいというのが大きな望みであったようで、その進歩の早さはおどろくべきものでした。

邪教ながらも法華宗と申しますのは他の仏教宗派と比べても戦闘的で異常な熱心さがございます。シメオン殿に申しわけないが、あるいはそれが今になって幸いしているのかもしれません。たとえば十一年前京の都で、フロイス様と朝山日乗《ちょうざんにちじょう》と申す法華宗の僧とが信長様の前で宗論を戦わしたことがありました。

京の妙覚寺での宗論は、信長様や多数の諸侯の立ち合いのもと、フロイス様とローレンソ修道士が出席、法華宗側はあの日乗がまるで軍鶏《シャモ》のように目を光らせいまにも飛びつきそうな顔であらわれたのでございます。殿の御前ではお二人は神の救いと恩《おん》寵《ちょう》をお説きになり、日本の神や仏は所詮只の人であり人々を救済することなど出来ぬと主張なさいました。これに対し日乗は唇を噛み、歯軋《はぎし》りし、激怒のあまり殿の御刀を奪って、

「この刀で殺してやる。もし霊魂があるというなら見せてみよ」

と無法にもローレンソ修道士に切りつけようと致しました。そこで信長様は日乗を

取り押さえさせ、

「日乗、汝がなすべきは武器を執ることに非ず。根拠をあげ教法を弁護すべし」

とお叱りになったのでございます。

結局、この宗論は法華宗側の負けとなり、のちに、日乗は野垂れ死をし、殿はますますわれらキリシタンに好意的になられたのでございますが、法華宗の仏僧《ボンソ》どもは、その後も悪行改まらず、たびたび根も葉もない流言を飛ばし布教を妨害して参りました。魔法使い、天狗の手先等々、仏僧どもの虚言のため迷惑したこと数知れませぬ。しかし信長様の思し召しでセミナリオが開校されてからは、徐々にではありますがキリシタンに対する誤解や偏見がなくなってきたのも事実でございます。かつては邪教の熱心な信者であったシメオン殿が改宗され模範的な修道士となられたのも、そのあらわれでございましょう。

やせぎすで細い目のシメオン殿とわたくしが、ラテン語の学習にひとくぎりをつけ、そろそろ食事をとろうかと思い始めたころ、突然、信長様がセミナリオにお出ましになったのでございます。わたくしどもは大慌てでお出迎えに走りましたが、殿は二階の祭具や十字架《クルス》には目もくれず、まっすぐに三階へ登ってこられました。付き従うのはわずか五人、いずれも若い近習《きんじゅう》の方々で、中の一人は森蘭丸《もりらんまる》様とおっしゃいまして御年十六歳におなりになる花も恥らう美少年でございました。

信長様は、フロイス様の表現を借りれば、中くらいの背丈、華奢《きやしや》な体躯で、髯は少なく、声は快闊《かいかつ》、きわめて戦を好み、名誉心に富み、正義に厳格な方でございます。鷹狩り馬責めなどがお好きなわりには、青白く鼻筋の通ったお顔をお持ちです。御年は確か四十七歳と漏れうけたまわります。

信長様は西洋音楽が大変お気に入りで、まっすぐ三階にあがられたのも、色々な楽器が三階にあることを御存知だったからでしょう。信長様はオルガンやヴィオラやハープに手を触れられ、子供のように目を輝かせていらっしゃいました。オルガンティーノ様が歓迎の言葉を述べられると、信長様はみなまで言わせず、

「パードレ、弾《ひ》いてみせい」

とお命じになりました。

司祭様は手を打って楽器の演奏の巧みな者四人を呼びよせ、オルガン、ヴィオラ、ハープそれにクラヴサンにそれぞれつかせて、グレゴリオ聖歌の一節をお聞かせしました。

殿は目を閉じて御満悦の様子でしたが、ひととおりお聞きになると、楽器の構造に興味をもたれ司祭様に色々と御質問されました。特にその日、殿の興味を独占したの

はイスパニアから到着したばかりのクラヴサンでございました。殿はクラヴサンの外蓋を開かせ金属の絃が張ってある内部をしげしげと御覧になりました。つくづく好奇心の旺盛な方でございます。

　ところでクラヴサンを御存知でしょうか？　パードレの中にはチェンバロとお呼びになる方もいらっしゃるようですが、この楽器は木製の箱の中に琴のように張りめぐらした鉄製の絃を、横一列に並んだ鍵盤を押して、その先についている鳥の羽根軸や爪で引っかいて音を出すもので、強いて言えば日本の琴に似た音色をしております。信長様もオルガンと同じような鍵盤を使う楽器でありながら、音色がまったく違う点に深い興味を抱かれたのでございましょう。内部の構造を御覧になりながら、鍵盤を押させ、先の部分の爪が絃を下から上へ弾くさまを眺めて嬉しそうな表情をお見せになりました。

「お蘭、見るがよい」

と鍵の動きに合わせて、指で鉄の絃を弾いて音を出すさまは、とても天下人とは思えない無邪気さでございます。

　お蘭と呼ばれた森様も、シメオン殿も、クラヴサンの内部を見るのははじめてなのでしょうか、ひたすら殿の指先を見守っておったのでございます。

信長様はさらに一曲、クラヴサンだけの演奏を所望されましたので、演奏者の修道士ヘルナンド様は見事な手さばきで讃美歌をお弾きになりました。カンティガというマリア様の讃歌のようでございました。

ヘルナンド様はイスパニア生まれの若い修道士で、湖を思わせるような透き通った青い瞳と黄金の髪をお持ちで、初めて安土の町衆の前に姿をお見せになった時は、その見事な頭髪がひとしきり町の噂になったものでした。無知な町衆の中には、砂金をまぶしているのではないかと、ヘルナンド様の髪の毛を欲しがる者が少なくなかったと申します。

「見事じゃ、気に入ったぞ」

と信長様はヘルナンド様に用意の銀子をお与えになりました。ヘルナンド様は殿の御機嫌がよいのを幸い、受洗される意志がないかとお尋ねになりました。信長様はキリシタンの庇護者ではありましたが、御自身は信者ではなく、わたしどもは何度も洗礼を受けることをお勧めしていたのでございます。しかし、信長様はその時も、笑ってお答えにはなりませんでした。

二

とんでもない事件が起こったのは、九カ月ほどのちローマからの巡察師ヴァリニャーノ様が安土に御滞在中のときでした。

突然、ヘルナンド修道士が行方知れずとなったのです。その前夜ヘルナンド修道士は、オルガンティーノ様、ヴァリニャーノ様それにシメオン殿やわたくしと一日の反省と祈りをささげ寝床に入った筈でした。ところが五時半の朝の祈りにも姿を見せず、寝床はもぬけのから。外出の心当りもありません。もちろん外泊するような方でもありませんので、一同何かヘルナンド様の身に変事があったのではないかと八方手を尽くして探しました。しかし杳《よう》として行方は知れず、不安に苛《さいな》まれた顔が礼拝堂の中に並ぶ次第となりました。

「行先について心当りはないか？」

こうお尋ねになったのはオルガンティーノ様でございました。誰も答えません。こんな場合は、信者のところへ行っている間に何か不都合があったのではないかと考えるのが普通のようでございますが、たとえそうだとしても、ヘルナンド様は平素から心がけがよい方で何らかの連絡をしてくる筈なのでございます。行先も告げずにいつの間にかいなくなったのは、まったく初めてでございました。もしや異教徒に襲われたのでは、いやいや悪い女に引っかかったのでは――などと想像は悪い方へ悪い方へと進みました。

沈黙を破ったのはシメオン殿でした。

いかにも言いにくそうにシメオン殿は驚くべきことを語り始めました。ヘルナンド様が最近信仰に疑いを持って悩んでいたというのです。

「――果して神の救いなどがあるのだろうか、もし、その有無を知ることができるなら、悪魔《サタン》に魂を売ってもよい。そう話しておいででした」

シメオン殿がそう言うと、オルガンティーノ様は信じられないように首を振り、

「なぜ、わたしに相談しないのだ。なぜだ？　あの気持のいい若者が……」

と絶句なさいました。

「――とても恐ろしくて相談できなかったのでしょう。わたくしにも、ふとお漏らしになったのですから」

オルガンティーノ様は激しく衝撃を受けられた御様子で、頭を抱え込んだまま椅子に座り込んでしまわれました。それを見て、ヴァリニャーノ様は胸のロザリオをまさぐり、一同に向って、

「ヘルナンドの無事を神に祈りましょう」

と声をかけられました。

しかし、その祈りは空しかったと言うべきでございましょうか、その日の午後からでございます、城下に〝金毛天狗〟の噂が流れるようになりましたのは。

城下の辻々に金毛碧眼《きんもうへきがん》黒カッパの男が現われ、人々に悪さをしかけるという噂でございます。ある者は突然眼の前に現われた金毛天狗に、殴られて財布を奪われたと申します。またある女は着物に墨をかけられ、ある子供は遊びの独楽《こま》を取り上げられるなど、その日を境に頻々《ひんぴん》として被害が出始めたのでございます。その金毛天狗なるものは、金髪に瞳は青く全身黒ずくめの服装で、ビロードのカッパを着ているという噂でした。当初は馬鹿げた噂として無視していたわたくしどもでしたが、こうも被害が続出すると考えずにはいられなくなりました。すなわち、金毛天狗とはヘルナンド様の仕業ではないかということでございます。

ヘルナンド様の温厚で篤実な性格からみれば有り得ない筈のことでございましたが、金髪で青い眼の人間はざらにはおりませぬうえ、修道士の服装というのは御存知のように黒ずくめなのでございます。

事態を重く見たオルガンティーノ様の命令で、わたくしどもは手分けして町中を探しました。何しろはためには異様な風体でございますので、そうそう隠れるところがある筈はございません。ところが、どこを探しても見付からないのでございます。一同日々のお勤めもままならぬ有り様となりました。さらに悪いことは金毛天狗が――伴天連《バテレン》の魔法使いだという根も葉もない噂が市中に流れたことでございます。このために、わたしどもが町を歩くと罵詈讒謗《ばりざんぼう》や小石までが飛んでくるようになりました。

ヘルナンド様が姿を消して三日目の夕方、わたくしが探索から戻って参りますと、なんとオルガンティーノ様が額から血を流していらっしゃるではありませんか、わたくしは慌てて駆け寄りました。

「パードレ、どうなさったのです？」

「――案じてはなりません」

とオルガンティーノ様は微笑を浮かべておっしゃいました。わたくしはとりあえず血止めをし、包帯を巻いて手当を致しました。

「町の衆が石を投げたのですね？」

わたくしは憤慨して言いました。オルガンティーノ様はわたくしの興奮をたしなめるように、

「迷える小羊たちが誤解をしたのです。恨んではなりません」

とそれ以上の追及を封じました。

おり悪しく、そこに遠乗り帰りの信長様がお見えになったのです。いつものように蘭丸様をはじめお供は数人でした。

「パードレ、額の傷はどうしたのだ？」

と信長様は無気味な笑いを浮かべてお尋ねになりました。オルガンティーノ様は笑ってつまずいてころんだと説明なさいました。それを聞くと信長様は、

「まあよい、そういうことにしておこう」

とおっしゃいました。

わたくしには信長様が何もかも御存知なのだと、はっきりわかりました。信長様は御幼少の頃から、人々の噂話にはことのほか早耳だと聞いております。きょうの御来《ごらい》駕《が》も噂を知ってのことに相違ありません。わたくしは肝の冷える思いでございました。信長様はワインを一杯召し上がると、すぐに外に出て馬に乗られました。そして馬上からオルガンティーノ様に、

「城下を騒がす者は早めに処置せい。ぐずぐずすると、キリシタンの評判が落ち、坊主どもを喜ばすことになる」

とおっしゃり城へお帰りになりました。

これが信長様のキリシタンに示す好意の限界だったのでございましょう。

しかし、それ以後もヘルナンド様の行方はまったくわからず、金毛天狗の跳梁《ちょうりょう》はますますひどくなり、ついに人殺しまで犯すようになってしまったのでございます。それも殺されたのは、わたくしどもの身内ともいうべき修道士でございました。亡くなったのはヘルナンド様と同じ頃イスパニアを出られたジョアン様でございます。ジョアン様は、ヘルナンド様失跡以来、人一倍お心を痛められ、毎日暇を見付けてはヘルナンド様の行方を探索されていたのですが、五日目の朝、城下の南のはずれにある浄巌院という寺の外側で死んでいるのが見つかりました。町役人の知らせを受けたわたくしはシメオン殿と、とるものもとりあえず駆け付けました。

ジョアン様は浄巌院の土塀に上半身をもたせかけるように死んでおりました。胸には槍の穂先のようなものが刺さり、これが致命傷となった模様です。わたくしは役人の許しを得て、ジョアン様の両手を組ませ、神に祈りを捧げたのでございます。

そのうち、シメオン殿がふと妙な顔をし、ひざまずいてジョアン様の右手をとりました。そして固く握られたその拳をわたくしに示したのでございます。

わたくしは思わず声をあげました。なぜならその手には金の毛が数本しっかりと握られていたからでございます。

具合いの悪いことに役人もそれに気が付きました。

「――これだな、例のヘルナンドとか申す金毛天狗の毛は」

と役人は底意地の悪い目でわたくしどもを睨んで言いました。

「違います。ヘルナンド様は金毛天狗などではございません」

役人はわたくしどもの抗弁にはまったく耳を貸しませんでした。

わたくしどもはジョアン様の遺体を受け取ると、肩を落してセミナリオへ帰ったのでございます。

そして、その日、信長様はついに辻々に高札を立て、金毛天狗ことヘルナンド修道士を捕えるようにお命じになったのでございます。

三

幸いにも信長様のキリシタン全体に対する御気持は、金毛天狗騒ぎのあとも変りませんでした。殿はこの騒ぎをヘルナンド修道士の乱心によるものとみており、一人の乱心者が出たからといって考え方を変えたりはなさらないのです。このあたりが信長様が他の日本人と大きく違う点なのでございましょう。

さて、憎むべき金毛天狗の跳梁はいよいよ激しく、侍屋敷に火付を働いたり、他にも人を殺すなどの悪業を重ねるに至りました。わたくしはジョアン様がしっかりと握っていた金の髪の毛を見たのちも、ヘルナンド様が金毛天狗だとはどうしても信じられませんでした。しかし、或る日とうとうそれを信じなければならない日がやってきたのでございます。

その日、安土のとある屋敷町の一角に金毛天狗が出現致しました。夜更けに信長様の御家来衆が談合を済ませ、五人ほどで連れ立って家路につかれたところへ、大胆にも金毛天狗がぬっと現われたのでございます。

「おのれ、妖怪」

さすがは長年戦場で鍛えた方たちでございます。すぐに抜刀して切りかかったのですが、金毛天狗はきびすを返して逃げだしました。御家来衆が追いかけますと、金毛天狗は疾風のように走り、とある屋敷の角を曲りました。御家来衆はしめたと思ったに違いありません。その先は屋敷と屋敷に挟まれた行き止まりで、ついに金毛天狗を袋の鼠にしたように思われたのでしょう。金毛天狗の不意打ちを用心しつつ御家来衆が曲り角を曲られると、金毛天狗は行き止まりの築地塀《ついじべい》を背にしてこちらを睨みつけていたそうでございます。

黒の修道服、黒のカッパ、その上にのっている金毛碧眼の顔は、まぎれもなくヘルナンド様の顔でした。いえ、わたくしは見たわけではございませんが、御家来衆の中にキリシタンの信者がいたのでございます。その方の申されるには、ヘルナンド様は能の小面《こおもて》のような無表情な顔で両手を横に大きく拡げて、こちらを向いて立っていたそうでございます。その方は「ヘルナンド殿」と声をかけましたが、何の返事もなく、お仲間の御家来衆がかまわず一刀のもとに切り捨てようとなさいました。

ところが、ここで摩訶不思議なことが起こりました。

なんとヘルナンド様は真っすぐ垂直に天に向って飛び上がったのです。そして、あっという間に暗闇の空へ消えてしまったのでございました。

剛勇をもって鳴る織田家の御家来衆も、これには腰を抜かし、ほうほうの体《てい》で御城へことの次第を知らせに走ったのでございました。

四

一夜明けて、噂を聞いたオルガンティーノ様はその路地へさっそくおもむかれました。わたくしもお供致しました。

既にそこには信長様がお見えになっており、しきりに御家来衆から昨夜の話をお聞きになっていました。

「喜左衛門、まちがいないのじゃな」

「確かに真っすぐ空へ向って昇っていったのでございます」

喜左衛門と呼ばれた侍は地面に平伏してはっきりと返答しました。

「ふうむ――」

信長様は小首を傾げつつ、路地の奥を御覧になりました。

そこは確かに三方を築地塀で囲まれ行き止まりになっていました。ただ突き当りの塀の内側に高い松の木が立っており、その太い枝が路地の方へ張り出していました。また左側の築地塀には小さな潜り戸が付いておりました。

「喜左衛門、誰かがあそこにいて伴天連を吊り上げたのではないのか」

信長様はお持ちになっていた鉄扇で、その松の枝を示しました。

「滅相もございません」

喜左衛門は心外といった表情で言いました。

「吊り上げたのなら縄のようなものが見える筈、そのようなものは一切目に触れておりませぬし、第一、松の上に人の気配などござらなんだ」

「されど、伴天連が天に昇ったのを見届けたわけではあるまい」

と信長様は微笑を浮かべておっしゃいました。喜左衛門がけげんな顔をすると、信

長様は、

「昨夜は闇夜であった。月明りも星明りもない夜であれば、伴天連がどこまで昇って消えたか見届けられる筈はあるまい」

とさとすようにおっしゃり、今度は路地奥の潜り戸に手をかけられました。

「開かぬな、これは誰の屋敷じゃ」

「はっ、お取り立ての朝山《あさやま》源五右衛門殿の御屋敷にございます」

と蘭丸様が即座にお答えになりました。

「朝山が屋敷か――」

信長様は呟くようにおっしゃると、しばらく思案の御様子でした。

朝山殿は出雲の国に生まれ毛利氏に仕えたあと、新興の織田家に魅力を感じて随身《ずいじん》されてきた方で、武芸だけでなく築城の才もあるところから五百石で召し抱えられたという話でございます。

信長様は朝山殿を呼ぶように蘭丸様にお命じになりますと、初めて気付いたようにオルガンティーノ様を見て歩いてこられました。

「パードレ、その方の弟子に悩まされておるわ」

信長様は笑顔でおっしゃいましたが、オルガンティーノ様は恐縮のあまり身をかがめるようにして返事も口ごもりがちでした。

「その方どもの教義では、人間は死後昇天するというが、死なずに天に昇る方法があるのか？」

と信長様は皮肉げな表情でオルガンティーノ様にお尋ねになりました。

「とんでもございません。これは何かの計りごとかと――」

オルガンティーノ様はぼそぼそと消え入るような声で御返事なさいました。

そのうちに朝山源五右衛門殿がやってまいりました。口ひげをなまずのようにのばした見栄えのしない男でございます。殿はさっそく御下問になりました。

「朝山、昨夜この潜り戸は開いておったか？」

「いえ、かたく内側から閉ざしてございました。それが何か？」

朝山殿は不審気に問い返しました。

「それならばよいわ。昨夜、天狗がここで消えたそうな。その方に心当りはないか？」

「いえ、ございません」

朝山殿はすぐに首を振りました。

信長様はまたしばらく御思案の体でしたが、下がってよいとおっしゃると、急にオルガンティーノ様の方へお越しになりました。

「パードレ、明日はヴァリニャーノの歓送の宴を催したい」

何事かと身構えていたオルガンティーノ様は、それを聞いてほっとしたように肩の力をお抜きになりました。

「明日は盂蘭盆会《うらぼんえ》ゆえ趣向がある。——城下の灯りを一切消させた上で、城だけを提灯で飾る、見ものだぞ」

と信長様は持ち前の大声でおっしゃると、たちまち馬に乗りその場をあとにされました。

五

ヴァリニャーノ様をはじめとしたセミナリオの全員が、翌日の夜に御城に招かれました。

このところ相次いでいた金毛天狗の騒ぎで意気消沈していた安土の町衆も、その日ばかりは浮き浮きとした気分を隠せませんでした。

信長様はお祭り好きで、祭りの趣向を考えることでは日本国広しといえども右に出る方はいらっしゃいません。以前、将軍の御所を作る際、庭に大石を運び入れたことがございました。何の変哲もないこの石運びを、信長様は石を綿で包み囃子方をつけることによって、一つの祭りに変えてしまったのでございます。ただ石を運ぶということだけで、洛中はもとより近隣の諸国からも見物人が集まる騒ぎとなり、以後石運びはこの形式で行なわれるようになったのでございます。

今回、ヴァリニャーノ様の御出立に対して信長様はまたも奇抜な趣向をお考えになりました。夜も更けた頃、太鼓を合図に城下の灯を一斉に消し、安土城だけ灯をともすというのでございます。もちろん御城の軒先という軒先には提灯を吊るし、まばゆいばかりの不夜城にしようという御趣向でございます。おそらく京の都の大文字送り火などを参考にされたのでございましょうが、さすが天下人のお考えでございます。

わたくしどもは正直申して、盂蘭盆会にちなんだということが気に入りませんでした。何しろ異教の祭りでございますから。しかし、このところキリシタンと見れば白い目で見るようになった町衆が、久し振りに心を躍らしていることでもございますので、信長様のお招きを受け御城に参ったのでございます。

安土城は異教の装飾に満ちてはおりますが、天下無双の美しい城でございます。城の中央底部には宝塔が鎮座し、四階まで吹き抜けの空間がございます。各間には狩野《かのう》永徳《えいとく》が力の限りを叩きつけた竜、獅子、松、唐の国の聖賢などが描かれており、世界の国々を巡られたヴァリニャーノ様も最も美しい清潔な宮殿だと断言なさるほどでした。

ヴァリニャーノ様はまず四階の鳳凰の間に招かれ、信長様の接待を受けられました。鳳凰の間――その名のとおり部屋の障子はすべて鳳凰の絵が描かれているのでございますが、そこで、わたくしどもも御相伴にあずかり、豪華な食事のあとは歓談となりました。わたくしどもは酒を飲みませんでしたが、接待役の織田家の方々はかなり聞こし召された御様子で、そうなると話はどうしても金毛天狗のことになってまいります。

「なあ、パードレ殿。金毛天狗を退治するには、どのようにしたらよいのかのう?」

ヴァリニャーノ様やオルガンティーノ様は、このような質問にも嫌な顔一つせず適当にお答えになっていらっしゃいましたが、さすがに心中は穏やかではありません。なにしろ、あの金毛天狗の昇天以来、被害は出なくなったものの、伴天連は魔法を使い民を苦しめるとか、伴天連の体に触れれば呪いにとりつかれるなど、無責任な噂が広まり信者の数が減り続けていたのでございますから。

信長様はそんな様子を御覧になり、さっと立ち上がると太鼓を打つようにお命じになりました。

城下の灯りがみるみるうちに消えてゆきます。広い平野に灯りがともっているのは御城だけ、その城の姿が城下を流れる川や湖に映る様は夢のような美しさでございました。

「外から城を見るべきであったな」

信長様が呟くようにおっしゃいました。

確かにそうかもしれません。闇の中に照り輝く城の情景を見るには、外へ出た方がよかったかもしれません。

しばらく一同は外の景色を呆けたように眺めていました。四半刻もいたしますと、信長様は再び太鼓を打つようにお命じになりました。城下の灯りがともり始めました。

その時、わたしどもは恐ろしいものを見たのでございます。

ヘルナンド修道士が例の姿で空中に浮かんでいたのでございます。鳳凰の間から見ますと少し目の下、御城の外の林の間の何もないところに、ヘルナンド修道士が両手を広げ白い服をまとい空中にぽっかりと浮かんでいるのでございます。その姿が普通より多い城からの灯りと城下の灯りで、夜目にもはっきりと見えたのでございました。

人々は驚きあわて、ある者は仏の名を唱え、ある者は刀を把んで外へ飛び出し、城内のあちこちから女の悲鳴が聞こえて参りました。

信長様はまるでこのことを予期されていたかのように、少しも騒がず短く鋭い声で、

「鉄砲組」

とお命じになりました。

するると驚いたことには、あっという間に五十人ばかりの鉄砲組が御城の石垣のへりのところにあらわれ、すぐにヘルナンド修道士を射ち始めたのでございます。

わたくしにはその時はっきりとわかりました。初めから信長様は天狗をおびきよせるお考えで城下に触れを回したのだと。

ところがその後、さすがの信長様も目を丸くするようなことが起こりました。

体に弾丸が何発命中しても、ヘルナンド修道士は落ちもせず、空中に浮かんだままだったのです。

もちろん弾丸はちゃんと何発も命中しています。わたくし自身、ヘルナンド修道士の白い服に弾丸が当ってはじけるさまが見えたのでございますから。なにしろ狙っているのは天下一の腕前を持つ織田家の鉄砲組です、万に一つもはずれるわけがございません。それなのにヘルナンド様の体からは血も流れず苦痛にうめく様子もございません。あまりの気味悪さに鉄砲組も射撃を中止し、ヘルナンド様をじっと見つめました。

その時でございます、闇の底から響くような声が聞こえてきたのは。

「織田家に呪いあれ、安土城に呪いあれ、キリシタンを信ぜぬ者は滅びるぞ――」

ヘルナンド様のお声に似てはいました。しかし、一体なんでヘルナンド様がこのようなことを。

その声で我に返った鉄砲組が再び射撃を開始しようとした時、ヘルナンド様の姿は急にかき消すように見えなくなってしまったのでございます。

「悪魔じゃ、悪魔の仕業じゃ」

オルガンティーノ様が震えながらおっしゃいました。

「パードレ、馬鹿なことを言うでない」

と信長様は不機嫌そうな顔をされて、

「この世には神もなければ悪魔もない。来世もなければ前世もない。あるのは今日只今の己《おのれ》のみ」

そう言い放つとさっさと奥の間に引き上げてしまわれました。

六

ヘルナンド様が討ち取られ首級《しるし》があげられたという知らせが届いたのは、それからほんのわずか後のことでございました。

「討ち取りしは誰ぞ？」

信長様は大して嬉しそうでもなく蘭丸様にお尋ねになりました。

「朝山源五右衛門殿でございます」

「ふむ、朝山か。――よし首実検をする。一同を二の丸に集めい」

この御命令で、すぐに二の丸の広場にかがり火がたかれ、首実検の場が設けられました。

「朝山、いかにして討ち取ったぞ」

床几にどっかと腰をおろした信長様は、開口一番朝山殿にお尋ねになりました。

「はっ、拙者、今夜は非番で屋敷におりましたが、御城の騒ぎを知り馳せ参じましたるところ、途中の辻で天狗めに会い一刀のもとに首をはねた次第にございまする」

それを聞くと信長様は立ち上がり、御前に据えられているヘルナンド様の生首と、黒の修道服を着た胴体を見比べておられましたが、やおら手を伸ばすと首を両手でお把みになり、あろうことか舌でペロリと生首の額を舐められたのでございます。これには一同度肝を抜かれました。

「ふむ、良き酒の味がする――」

信長様はそう呟かれると、オルガンティーノ様の方を向かれ、

「パードレ、確かに修道士ヘルナンドの首に相違ないか？」

「相違ございません」

オルガンティーノ様は悲しみを振り払うような声でお答えになりました。

「気の毒であったな」

信長様はそうおっしゃると、声を一段高くされて、

「皆の者、この体をよく見よ」

と戸板の上にのせられたヘルナンド様の胴体の修道服を引きちぎられました。驚いたことには、その体にはまるで鉄砲傷がなかったのでございます。

「お蘭、これを何と見る？」

問われた蘭丸様も目をぱちくりさせて、

「狐狸妖怪《こりようかい》のなせる術、わたくしにはわかりませぬ」

とお答えになりました。

信長様は大声でお笑いになり、そしておっしゃいました。

「お蘭よ、皆の者も、よく聞け。この世に妖怪などおらぬ。すべてはまやかし。まやかしにはタネというものがある」

そして表情を引きしめられ、御前にまかり出ている朝山源五右衛門殿をじろりと睨

み付けられました。

「源五右衛門、策が過ぎたの」

　信長様は冷ややかにおっしゃいました。

　源五右衛門殿は無表情で、

「なんのことか、拙者にはとんと――」

「だまれ、源五右衛門。そちの奸策がわからぬ信長と思うてか」

　そう浴びせられても源五右衛門殿は「一向に存じませぬ」と突っぱねたのでございます。

「あくまでしらを切るなら申してきかそう。そちはキリシタンに恨みを抱いておったのだ」

　と信長様は今度の一件の解明をお始めになられました。

「そこで、そちはキリシタンの評判を失墜させるために修道士ヘルナンドを拉致し、衣服を奪って身につけ市中で狼藉を働いたのだ。金髪はおそらく鬘《かつら》でも作ったのであろうよ。だが容易にキリシタンの信用が墜ちぬのを知ったそちは、修道士ジョアンを殺害、その手にヘルナンドの頭から引き抜いた髪をつかませ、ヘルナンドの仕業に見せかけた。さらにヘルナンドも殺害し、その首を使ってあのような手妻《てづま》を見せた。この首を見よ」

と信長様は再びヘルナンド様の首を持ち上げました。

「この首は只今はねられたものではない。そちは二日前にヘルナンドの首をはね、まずそれを使ってヘルナンド昇天の場を作り出したのだ。この首の脳天には小さな穴があいておる。ここに畳針を用いて細い糸を通し首をぶらさげた。そして首の下に竹のような軽いもので作った胴体の張子をくりつけておく、張子にはもちろん修道服を着せておくのだ。この吊り下げ首を、あの路地の松の枝に滑車で下げておき、お前はヘルナンドに化け人前に姿を現わし、路地にかけ込んで潜り戸から屋敷の中へ逃げ込む。そして吊り下げて置いたヘルナンドの首と張子の胴体を侍どもの目の前で塀の内側から滑車を使って引き上げたのだ。そのためにお前は闇夜を待っていた。闇夜ならば松の枝の中でヘルナンドの姿を見失ってしまうからだ。そして、今宵も同じ手を使った。おそらく、林の木と木の間に黒く塗った縄をはり、その縄に首を吊るしたのであろう。今宵は遠目で見せるため、ヘルナンドの着衣を白に変えた。だが、こうも素早く鉄砲で射たれるとは思わなかったであろう。胴体に鉄砲傷がないのが、あの体が張子であったことの何よりの証拠じゃ。首と胴はあれ以前に離れていた筈。だとすれば、首を今切ったと称する者が、今度の一件の下手人に相違ない。首は美酒につけておけば、少しの間はもつからの。違うか、源五右衛門？」

源五右衛門殿はこの期に及んでも表情をまったく変えずに、

「上様、しからばお尋ね致すが、拙者がそのような馬鹿な真似をしたところで、一体何の得になるとおおせられるのか？」

と問い返して参りました。

「日乗よ。そちは朝山日乗の縁者であろう。日乗もそちも出雲国朝山氏の出だ。今回のことはキリシタンへの意趣晴らしと、魑魅魍魎《ちみもうりょう》が嫌いなわしにキリシタンを禁じさせるのが目的であろう。信ぜねば呪いがかかるなどと言い、わしの反撥を利用しようなどとは、なかなか芸が細かいのう」

信長様は皮肉に満ちた口調で源五右衛門殿に最後の言葉を与えられました。

わたくしどもは驚きで声も出ませんでした。あの驕慢な法華宗の行者、フロイス様との宗論に破れ野垂れ死したと風の便りに聞く日乗の縁者が今度の黒幕だったとは。さすがの源五右衛門殿もすべてを見透かされ返す言葉もない有り様でした。

「もはや、これまで。かくなるうえは伴天連坊主を一人でも多く地獄の道連れにしてくれる。典馬、参るぞ」

真赤な顔で源五右衛門殿が叫ぶと、突然、わたくしのとなりにいたシメオン殿がオルガンティーノ様に飛びかかろうとしたのです。わたくしが止めようとした時、轟然《ごうぜん》たる銃声が響きわたり源五右衛門殿とシメオン殿は大地に倒れ血を流していました。

天下一の織田家鉄砲組は今度こそ期待にたがわぬ働きをしたのでございます。あらかじめ信長様は鉄砲組を伏せて万一の場合に備えていらしたのでした。

シメオン殿が法華宗の密偵であることに気が付いたのは、それからしばらくたって冷たい夜風が肌に感じられるようになってからのことでございました。

ふと、蘭丸殿が信長様と話されている声が聞こえてまいりました。

「上様、首を吊ったのはわかりますが、あのような重い首を何を使って吊るしたのでございましょう？　夜目とは申せ、見えぬほど細く、しかも重い首を吊れる縄がございますか？」

「お蘭、一度見たものは忘れてはいかぬな」

と信長様は慈父のような微笑を浮かべ、こうおっしゃいました。

「クラヴサンの絃を使ったのだ。細く堅く目立たない色ではないか、もちろん贋修道士が盗んだのだ。ヘルナンドがいなくなれば、クラヴサンの絃が無くなっていることに、気付く者は少ないのでな」

まったく信長様は恐ろしい方でございます。

明智光秀の密書

一

騎馬武者の一団が闇の中を進んでいた。

総勢一万三千余の大軍団である。鉄砲隊、槍隊もいる。馬蹄《ばてい》の響きと具足《ぐそく》の触れ合う音の他、兵に私語はない。

天正十年（一五八二年）六月一日、山城国境に近い老《おい》の坂《さか》。軍団は京の都へ向いつつある。

惟任日向守《これとうひゅうがのかみ》こと明智光秀《あけちみつひで》の軍団であった。

光秀は主君織田信長の命を受け、備中高松城で毛利の大軍と対峙している羽柴秀吉《はしばひでよし》軍を応援に行く途中だった。備中に向うにしては方向が反対だが、明智軍の手勢は不思議に思ってはいない。光秀から京の信長に陣容を見せるためだと説明されている。

だが、それは偽りだった。

「弥平次《やへいじ》――」

と先頭から少し後ろにいた大将の光秀は、突然女婿で腹心の部下でもある明智秀満《ひでみつ》（左馬助光春）を呼んだ。いらいらをぶつけるような声だった。弥平次は急いで自分の馬を光秀の馬に寄せた。

「弥平次、重臣どもを集めるのだ」

光秀は弥平次が何も聞かないうちに言った。

弥平次は首を傾げた。行軍の途中に重臣を集めて、いまさら何を話すというのだ。

ぐずぐずしている弥平次に光秀は一喝した。弥平次は慌てて、重臣の斎藤利三《さいとうとしみつ》、藤《ふじ》田伝吾《たでんご》、溝尾庄兵衛《みぞおしょうべえ》らを呼び集め、行軍を停止させると街道沿いの木陰に馬を揃えた。

光秀はそこに床几をすえさせ、弥平次らを招き寄せた。

光秀は陽に焼けているものの細面の公達顔《きんだちがお》を持っている。その顔が闇の中でも異常に紅潮しているのがわかった。

「殿、なんでござる」

只ならぬ光秀の様子に、家老格の斎藤内蔵助利三が声をかけた。

「内蔵助、弥平次、――それに他の者も聞くがよい。わしはな、わしは――」

と光秀は一旦言葉を切った。重臣たちは固唾《かたず》をのんで次の言葉を待った。

「信長公を討とうと思う」

あっ——という声が誰かの口から出た。家来たちの予想もしないことだった。

光秀と信長はそりが合わない。それは誰もが知っている。しかし一介の牢人だった光秀を近江丹波両国の大守にしてくれたのも信長なのである。

「殿、その秘事、他にお漏らしになりましたのか」

そう訊いたのは内蔵助である。光秀の部下の中では最も剛勇をうたわれ、いかなるときにも冷静さを失わない男である。

光秀はゆっくりと頷いた。

実は敵国毛利の重鎮小早川隆景《こばやかわたかかげ》と連絡を取ってある。信長を討滅した後は、秀吉軍を挟み撃ちにしようという計画ができていた。

「それならば、もはや何も申すことはござらぬ。このまま一刻も早く兵を進め信長公を討つべきでござる」

と弥平次が覚悟を決めたような口振りで進言した。あの猜疑心《さいぎしん》の強い信長のことだ。たとえここから兵を返したところで、一度反逆の噂が流れれば、どういう目に遭わされるかわからない。それなら一か八か、天下を狙った方が得策というものである。幸い京の信長はまったくの無警戒で、警護の人数はいないも同然の数である。

「わかった」

と光秀は床几《しようぎ》を蹴って立ち上がった。どうしても決断できなかった信長討滅を、他人に漏らすことによってようやく決意したのである。このような時は、徐々に自分を追い込む形でしか、光秀は決断できなかった。軍略にも優れ世渡りの知恵もある光秀だったが、決断ということは苦手だった。気の進まない時には、周囲の人間に計画を話し、周囲がその気になったところで、ようやく決断を下すのである。

「殿がかような英傑であったとは――」

と再び馬を進めながら弥平次は笑顔で言った。

「思いもよりませなんだ」

光秀は苦虫を噛みつぶしたような顔で手綱をとっている。正直、弥平次の変り身の早い爽やかな笑顔がうらやましかった。

光秀と弥平次はいとこ同士である。その上、弥平次は光秀の娘を妻にしていた。そういう気安さもあって、弥平次はときどき主従の垣根を越えた言葉遣いをする。もっとも小声の時に限るのだが、そういう弥平次の野放図さを光秀は常々うらやましく思っていた。それは自分に最も欠けているところだからだ。

「されど殿、毛利への手配り、安心していてよいのでござるか」

と弥平次は真顔になって言った。

いま織田方の最大の敵は毛利である。

それまでの強敵であった武田はこの年の三月滅亡し、上杉謙信《うえすぎけんしん》も既に亡い。しかし、毛利は中国一帯の備後《びんご》、安芸《あき》、周防《すおう》など数カ国を領し、主家の輝元は凡庸ながら吉川《きっかわ》元春《もとはる》、小早川隆景の〝両川〟が補佐し、あなどりがたい実力を持っている。

「義昭《よしあき》様がな——隆景殿とのわたりを付けて下さったわ。案ずるな」

光秀が前を向いたまま呟くように言った。

〝そうか義昭様が動いたのか——〟

弥平次はすべてを了解した。

義昭は足利十五代目の将軍、室町幕府の最後の当主である。もとは信長のところにいた。というより信長の後押しで将軍の位に就けてもらったのである。一時は信長に感謝するあまり、年下の信長を御父と呼ぶほどであった。しかし、自分が天下を狙う信長の人形にすぎないと知ったときから、義昭は打倒信長の急先鋒に変った。将軍の名をもって、武田、上杉、本願寺など信長の仇敵に書状を送り、信長を討てと命じた。そのためついに都を追われ、今は毛利氏の庇護下にある。

光秀はもともとは義昭の家来であった。義昭にくっついた形で織田家に入り込み、現在のような地位に就いたのである。しかし、ここ数年、物質面では優遇されながら、何かと感情的に対立することが多かった。

ついに我慢しきれなくなった光秀は、旧主の義昭とよりを戻し、毛利と連絡をとって反乱の決意を固めたのであろう。

〝殿もなかなかおやりになる〟

弥平次は胸を撫でおろしていた。実はこの一挙がまったくの思い付きではないかと秘かに恐れていたのだ。もし、何の準備もなく始められた謀反なら、失敗の可能性が高い。

しかし、事前に毛利と連絡を取っているぐらいなら大丈夫だろう。織田家の他の諸将、柴田勝家《しばたかついえ》、滝川一益《たきがわかずます》、丹羽長秀《にわながひで》といった連中がすぐに京に戻ってこられるわけはないし、最大の軍団を持っている羽柴秀吉も、毛利との挟み撃ちなら葬り去るのはたやすいことだ。

只一つ、そのような大事を胸に秘めて少しも漏らしてくれなかったのが、弥平次の不満であった。

〝まあよい、殿もそのようにしなければ御決心できなかったのだ〟

と弥平次は自分に言いきかせた。計画を進める段階で相談したら、重臣たちは反対しただろう。反対されることによって、決心がぐらつくのを恐れる光秀としては、ぎりぎりの当日になるまで何も言えなかったのに違いない。

弥平次はそんな詮索は時間の無駄だと気が付いた。今はただ信長と息子の信忠を討ち取るのみである。

明智軍団は旗印の水色桔梗をなびかせて、六月二日未明、京の朝もやの中へ突入した。


反乱は呆気《あっけ》なく成功した。

京の四条西洞院にある信長の宿舎本能寺は明智の軍勢に取り囲まれすぐに炎に包まれた。

信長は奥の座敷で自害。長男の信忠は手勢五百を率いて二条御所に籠ったが、奮戦の甲斐もなく同じく自害した。信長四十九歳、信忠二十六歳であった。

光秀は戦いの片がつくと、すぐに各地に急使を派遣した。言うまでもなく、信長討滅を昨日までの敵方に知らせ、昨日までの同僚の動きを牽制するためである。

「伝八郎《でんぱちろう》――」

と光秀は家臣の中で最も足が達者な藤田伝八郎を側近く呼び寄せた。

「これを備中の陣にある義昭様にな。急げ、ただし気取られるな」

秀吉のことを最後に注意した。毛利の領国に入るには秀吉の陣近くを通らねばならない。

伝八郎はかしこまって一礼すると、光秀の手から書状を受け取り西へ走り去った。

光秀はこの他には北陸、関東、四国など各所へ密使を放った。

弥平次はそのうちに驚くべきことを知った。

光秀は反乱することを、細川藤孝《ほそかわふじたか》（幽斎《ゆうさい》）忠興《ただおき》父子に知らせていなかったのだ。光秀はいま初めて反乱を知らせる手紙を細川父子宛に書いている。

「殿、藤孝様は御存知なかったのでござるか」

弥平次の問いに光秀は不機嫌そうに頷いた。

「敵をあざむくにはまず味方からと申すではないか」

光秀は陳腐な警句を吐いてみせた。

弥平次は舌打ちをしていた。細川家は明智家と最も関係が深い大名で、ことに忠興などは光秀の娘を貰っている義理の親子の間柄なのである。それなのに事前に了解を取っておかないとは、何というう かつさであろうか。同じ女婿でも弥平次は部下である。主君が何をしようと従う気持はある。しかし、細川は格下とはいえ、いわば同盟軍である。事後承諾のような形で、果して相手は反乱に加担してくれるのだろうか。

弥平次は初めて前途に暗雲を見た。

二

備中国高松城、この城を挟んで東西に大軍団が対峙している。織田方は羽柴秀吉、同秀長、加藤清正、堀尾茂助、それに軍師格の黒田官兵衛《くろだかんべえ》ら軍勢およそ三万、毛利方は吉川元春、小早川隆景ら四万。そして高松城内には毛利方の猛将清水宗治《しみずむねはる》が籠っている。

高松城はいま水の中に浮かんでいた。

周囲を山にかこまれた平地にある高松城の位置を利用して、秀吉は水攻めの計画をたてた。すなわち城のまわりに堤防を築き、近くの足守川の水を引き入れて城を水の底に沈めようという奇想天外な作戦であった。秀吉は近くの土民に布令をだし、土を一俵持ってくる者に銭百文米一升という法外な手間賃を払うと知らせた。ただの土が米と金に変るのである。民衆は狂喜し我も我もと押し寄せた。あっという間に堤の土手は完成し、折よく豪雨が降り高松城は半分ほど水の中に沈んだ。急を知って駆けつけた毛利の応援部隊もなす術もなく、城の外側に陣を敷くのが精一杯だった。

秀吉は京で信長が討たれたことなど露知らず、満足気に笑みを浮かべながら毛利との講和談判を進めていた。高松城は落ちたも同然、さらに本国からは明智光秀を先鋒として信長自身が大軍団を率いて応援にかけつけてくれることになっている。秀吉の仕事といえば、これらを背景に毛利方に無条件降伏に近い講和条件をのませることである。その内容は、「備中《びっちゅう》、備後《びんご》、美作《みまさか》、伯耆《ほうき》、出雲《いずも》の五カ国を織田方に譲り、高松城の将清水宗治が切腹する」というものだった。

本能寺の変から一日たった六月三日夕刻、秀吉は本陣を構えた蛙ケ鼻《かわずがはな》の陣屋の中でくつろいでいた。ここは高松城の東南にあり、水攻めで出来た人造の湖を見下ろす場所にある。

秀吉は小男である。顔は真黒に陽に焼け年に似合わず皺《しわ》が多い、しかし眼だけは大きく深い光をたたえている。この時、年四十六。

突然、ばたばたとあわただしい足音が聞こえた。秀吉はにやりとした。不規則な歩き方は片足の不自由な黒田官兵衛に違いない。

黒田官兵衛は秀吉より十歳下の播州姫路の武士である。軍略に長じ、後に秀吉が天下を取った時、自分の死後天下を取ることのできる男の一人として官兵衛の名をあげた——それほどの人物である。

「殿、お人払いを」

と官兵衛は入ってくるなり言った。

顔色が蒼ざめている。極度に緊張したときの官兵衛の癖であった。

秀吉は官兵衛に絶対の信頼を置いている。すぐに人払いを命じ、二人きりとなった。

「どうした、官兵衛」

「珍しい男を捕えましてな」

秀吉は黙って官兵衛の顔を見た。

「藤田伝八郎でござるよ」

「藤田？」

秀吉はその名に記憶がなかった。

「殿は御存知ないかもしれませぬが、惟任日向守殿の家臣で随一の健脚をうたわれた男で――」

「待て、官兵衛。どうして日向殿の家臣がここにおる」

「それ故、面白いのでござる。人相風体を変え山陽道を西へ向うところを捕え申した」

と官兵衛は説明した。伝八郎は百姓姿に身をやつし街道を備中方面へ向うところを、関所を設けて警戒していた羽柴方の兵に捕えられたのである。

伝八郎、その風体は何ぞ――という官兵衛の問いに、伝八郎は適当な返答を考えつかなかった。そして不審のかどありとして召し捕られてしまった。

「西へか――」

と秀吉は呟いた。

「左様、西に向っておりました」

官兵衛も相槌を打った。

二人の脳裏には共通の考えが浮かんでいた。

惟任日向守明智光秀の裏切りである。しかし、それはまさかという思いもあった。もう一つ考えられるのは、伝八郎が毛利方の密偵だったということである。

「いずれにしても吐かせねばなるまい」

秀吉は言った。事は急を要する。もし明智が裏切ったり、伝八郎が織田方の重要な軍事機密を毛利へもたらそうとしていたりしたら、大変なことになる。

「その者はいずれに？」

「御案内つかまつる」

と官兵衛は先に立って陣屋の外に出た。

かがり火のたかれている戸外の広場に、伝八郎はしばられて正座していた。着物は粗末なものながら、秀吉と官兵衛を見つめる眼光は鋭い。

「伝八郎とやら、何をしに中国路を西へ向った」

秀吉の問いに、伝八郎は答えない。

「その方、毛利の密偵か」

「いやしくも武士たるもの、そのような者には成り申さぬ」

と秀吉を睨み付けながら伝八郎は言った。

「では、何のために西へ向った」

「………」

「武士たるもの、当然、日向守殿の命を受けたのであろうな」

「そうではござらぬ。拙者の一存で――」

「一存で、何をする。毛利の陣立てでも見に行くか――」

からかうように秀吉が言うと、伝八郎はむっとした面持ちで口を閉ざした。その後は、秀吉が何を言っても答えない。

「強情な男だの――」

秀吉は官兵衛に視線を向けた。何とかしろと目で命令した。

「この男、密偵がつとまる器量はござらぬ」

と官兵衛は断言した。

密偵がつとまるにはもっと融通のきく者でなくてはならない。頑固者で無器用な男にはむかない役目である。とすれば、この男がつとめる役目は決まっている。健脚が第一の仕事——密使であろう。それも緊急の使いに違いない。

「密書をたずさえているものと思われまする。体をあらためてはいかが」

官兵衛は進言した。

「よかろう」

秀吉は許した。

官兵衛の指図でその場にいた足軽が、伝八郎の体をあらためようとした時、突然伝八郎は足軽に体当りして縄目姿のまま逃げ出そうとした。

「や、逃がすな」

慌てた秀吉の声を足軽達は拡大解釈した。

手持ちの槍で伝八郎の胸を刺してしまったのである。

「馬鹿者」

官兵衛が怒鳴りつけて足軽を止めようとした時はもう遅かった。

伝八郎は既に物言わぬ死人となっていた。

その死を確認すると、官兵衛は、伝八郎の縄を解き衣服を脱がせて一々あらためた。

やがて官兵衛は帯の中に隠されていた一通の書状を見つけた。幾重にも折りたたまれたその書状を官兵衛はかがり火にかざしてみた。

杆脢梅堷烸婧淋
鋳肝肛淋鋳烀烀
汀暠淋埜脢釘腈
埜杠肕炡塙埜脢
釬埜灯埜烀烀杠
釘熇腈杆腈埜杠
烀婧晴晦汘熇腈

それは実に奇妙な書状だった。

「何じゃ、これは?」

後ろから覗き込んだ秀吉が素頓狂《すっとんきょう》な声を出した。

「わかりませぬ」

官兵衛は首を傾げた。

「経文か？」

「違いまするな。このような書状見たこともござらぬ」

とにかく官兵衛は足軽に死体の跡始末を命じ、秀吉と共に陣屋に入った。

あらためて明るい灯の下で書状を見たが、二人とも首を傾げる他はなかった。

「経典でも、漢詩でもござらぬ」

と幼年時代から学問に親しみ、かなりの文字をあやつることのできる官兵衛が言った。

秀吉にはまったく漢籍の素養がない。というより文字の教養はないのである。小さい頃に家を飛び出し各地を放浪した秀吉は、必要最小限の読み書きしかできなかった。

「とすると、日向守殿の知恵か」

秀吉は言った。光秀は戦国武士には珍しく文学の教養があり、和歌、連歌、漢詩など得意中の得意である。このような判じ物をこしらえそうな男だ。そういう知識人であるがゆえに、織田家の武辺《ぶへん》一点張の連中とはそりが合わないのかもしれない。

「坊主の寝言というわけでもございますまい。伝八郎が命懸けで渡すまいとした密書。必ずや大事が隠されていましょうな」

と官兵衛も秀吉の見解に同意した。

「官兵衛、お主に任せる」

と秀吉は早々に書状の解読作業を放棄した。

「任せると仰せられましても」

実際、官兵衛は当惑していた。軍略のことなら大抵の知恵は出せるが、判じ物の謎解きなど正直御免こうむりたい。

「これが、裏切りであったら何とする。とにかく一刻も早く書状の内容を知るべきではないか」

それだけ言うと秀吉はさっさと奥へ引き上げてしまった。

残された官兵衛は畳の上に広げられた密書の字面を眺め、深い溜息をついた。

三

自分の陣座に戻った官兵衛は、文机の上に問題の密書を広げ考え続けていた。

まったく解読の糸口が掴めないのである。

燭台の蝋燭が燃える幽《かす》かな音しか部屋の中にはない。しかし、官兵衛のいらいらはつのるばかりである。

不思議な字面であった。

肛、淋、肝、錆、汀といった官兵衛の知っている字があるかと思うと、暠、炘、脢、といったまるで見たこともない字があり、それがいり混っている。また文中に見られる繰り返し〝炘炘〟は一体何を意味するのだろう。

官兵衛は幼少の頃を思い出し、漢籍の中に載せられていた故事を一つ一つ点検してみた。

例えば、こんな話がある。

漢の時代のこと、ある娘が揚子江に身投げをした。父が溺死したので後を追ったのである。数日後、その娘は死んだ父親の体を背負った形で浮かび上がった。娘の孝心が生んだ奇譚として土地の人々は石碑をたてて娘の名を讃えた。

後世になって或る学者がその地を訪れ、石碑の碑文を読んで、次のような文章を付け加えた。

黄絹《こうけん》幼《ゆう》婦《ふ》外孫《がいそん》齏《せい》臼《きゅう》

意味不明の文章である。

三国志で有名な魏《ぎ》の武帝曹操《そうそう》がそこを通りかかった時、この文章を読める者を探した。部下に一人だけ解読できたものがいた。詩人としても一流であった曹操は自分では解けないのを恥じ、解決を伏せさせたまま軍を進めたところ、三十里歩いたところで、ようやく気が付いた。

すなわち、〝黄絹〟とは色の糸を意味し一字で表わせば〝絶〟、〝幼婦〟とは少女の意で一字に合成すれば〝妙〟、以下同じように〝外孫〟は女の子で〝好〟(息子の子は内孫)、齏臼とは五辛(にんにく、らっきょう、ひる、など辛味のある野菜)を受ける器で〝辭(辞)〟。

つまり〝絶妙好辞〟という、碑文に対する讃辞を意味していたのだ。

この故事は〝有智無智三十里〟という、知恵のある者とない者の差を表わす成語を生んだ。

「世説新語」という南北朝時代の漢籍に載せられている話である。

〝或いはそれか――〟

と官兵衛は考えてみた。

しかし、それでは〝𤆄𤆄〟という繰り返しの意味がよくわからなくなる。

それではこれら意味不明の文字を省いてみてはどうであろうか。

淋鋳肝肛淋鋳……

まったく意味が通じない。

では、一字が各々イロハなど意味のある字に置き換えられているというのはどうだろうか。つまり、〝淋〟が〝イ〟、鋳が〝ロ〟のように置き換えられていると考えるのである。もっともどの字がイで、どの字がロかは特定することができない。せめて、何について書いてあるのかがわかれば、推測のしようもあるが、手がかりは何もない。

名軍師とうたわれた黒田官兵衛も、この言葉の城は攻めあぐねた。

四

一刻ほど後、官兵衛は秀吉に呼ばれた。

「どうじゃ官兵衛解けたか」

座敷に入ってきた官兵衛の顔を見るなり、秀吉は勢い込んで言った。

「解けませぬ」

官兵衛は苦々しげに首を振った。

秀吉の顔にも失望の表情が浮かんだ。

「そうか解けぬか――」

と秀吉は脇息《きようそく》に体をあずけながら、扇子を取り出し小刻みに開閉させた。扇子は金地に朱の丸を大きく描いたものである。

「あれは何やら重大な知らせのような気がしてならぬ」

「拙者もそのように考えます」

官兵衛も同意した。だからこそ早く解かねばならぬ。軍事情報は時が過ぎれば何の価値もなくなることが少なくない。早い時点で手に入れれば、相手の死命を制することもできるのだが。

「殿、とりあえず京へ向けて、気のきいた者をおくるべきかと存じます」

と官兵衛は情報の収集のための人員の派遣を秀吉に進言した。

「よかろう」

秀吉は手を打って近侍の者を呼ぶと、その旨申しつけた。秀吉も不安なのである。本来なら救援にかけつけてくるべき光秀の手の者が、敵の毛利へ何か重大な連絡をしようとしている。伝八郎は単に毛利方の密偵で明智軍団の情報を毛利へもたらそうとしただけなのか、それとも伝八郎のやろうとしたことは光秀の命令なのか。どちらにしても、ここは敵国である。一刻も早く状況を把握することだ。

「その書状だが、解く手立てはないのか？」

秀吉はいら立ちを隠さずに言った。

「はて」

と官兵衛は首をひねった。

漢籍の教養が深い光秀のことだから、何か官兵衛の知らない故実を使って、あのような書状を作ったのかもしれない。そのように教養の深い人物が、敵国の中で探せるならば解読の望みはあるかもしれない。

「そうじゃ、安国寺に相談してみてはどうか」

秀吉は膝を叩いて言った。

「それはよき御思案」

官兵衛は救われた思いだった。

「早速、使いを出す」

と秀吉は再び近習の者を呼んだ。

五

安国寺《あんこくじ》恵瓊《えけい》はその頃、高松城の西側毛利の陣にいた。

彼は元々は安芸国安国寺に所属する僧であったが、その弁説の才を買われて毛利の外交使節として活躍した。彼は、信長に擁立され後に追放された将軍足利義昭と、織田方との調停工作も行なっており、信長、秀吉とも面識がある。内心では織田が天下を取るものと考えており、最近では織田方に有利なように事を運んでいる。今は、高松城を挟んで対峙している毛利と織田の和議の世話役といったところである。

この日も恵瓊は、毛利方に織田方が示す講和条件を受け入れる余地があるかどうかを打診していた。条件は五カ国の割譲と城将の切腹——毛利方にとっては無条件降伏に近い屈辱的なものである。

「うけるわけにはいかんな」

と毛利の副将格の小早川隆景が言った。隆景は毛利家の当主輝元の叔父にあたり、凡庸な輝元を補佐する事実上の大将である。

「——やはり、いけませぬか」

と恵瓊は溜息をついた。実のところ、ここ数日おなじ問答の繰り返しなのである。

「五カ国のうえ、宗治に腹を切らせるとは、筑前（秀吉）め、ようも吹っかけたものよ」

隆景は呆れ声である。

「しかし、殿。もし織田殿が手勢を引きつれ当国を攻めれば、その程度で済みますかな」

　と恵瓊はおだやかな表情で脅しをかけた。

「ふ、ふ」

　と隆景は声を出して笑い、

「信長京を発し、こちらへ向おうとも、果して備中までたどりつけるかな」

「これは異なことを仰せられる」

　と恵瓊は不審気な表情を浮かべた。今や信長の軍勢をさまたげる勢力など存在しない。

「今川義元公もそうであった。上洛して天下を治めるため、尾張を通った時はまさか討ち取られるとは思わなかったであろうな」

　今をさること二十二年前、永禄三年五月、当時の大大名今川義元は上洛の途中、まだ小身の大名だった信長の奇襲を受け見事討ち取られたことを言っている——世に云う桶狭間の合戦である。

「何やら良策がございますのか？」

　恵瓊の質問に隆景は笑って答えない。

〝もしや、信長公に対して奇襲の計でも——〟

恵瓊はすぐに秀吉に知らせるべきだと思った。だが表情はむしろおだやかなものに変え、

「それでは、そろそろおいとまをいたしまする」

と言った。

隆景は恵瓊をそのまま去らせた。

「狸坊主めが——」

恵瓊が去った後、隆景はそう呟くと立ち上がって外出の支度をした。そして供侍を連れ近くの寺へ向かった。

既に夜半を過ぎていたが奥座敷には灯がともり、初老の男が隆景を待っていた。流浪の将軍足利義昭である。彼は十年前、宇治槙島城《まきしまじょう》で信長との戦いに敗れ追放された。そして毛利を頼り備後国の鞆《とも》というところに隠栖していた。だが、そのまま引っ込む義昭ではない。かつての京時代には、武田、上杉、浅井、朝倉などの反信長派の大名や本願寺、根来寺《ねごろじ》といった寺院勢力に檄を飛ばし、反信長包囲陣というべきものを結成させたほどの策士である。彼にとって今度の毛利対織田の戦いは千載一遇の好機であった。

「上様には御尊顔うるわしく、隆景恐悦至極に存じ奉ります」

奥座敷の上座にいる義昭に向って、隆景は丁重に挨拶した。落ちぶれたとはいえ足利将軍である。義昭は機嫌がよかった。その狐のような顔に赤味がさし笑みを浮かべている。

「隆景、よう参った」

と義昭は声をかけた。

隆景は早速用件に入った。

隆景と義昭の間で信長討滅の作戦が進んでいたのである。

「上様、明智殿裏切りのこと確かでござろうな」

と隆景は念を押した。

「うむ、案ずるな。まもなく吉報がまいるであろう」

この作戦は義昭が持ち込んだものであった。

義昭はかつての腹心の部下光秀が、織田家中でうとんぜられていることを知り、使いを送ってついに説得に成功したのである。本能寺で裸同然の信長を、光秀が奇襲して討ち取る計画である。首尾よく成功すれば、光秀からその旨急報が届く筈であった。

「しかし、その使者無事に着きますかどうか」

隆景はなおも追及した。

「そちも心配が過ぎるの。万一、使いが敵の手に捕われても、秘密が漏れる筈はない」

「と仰せられますと」

「これじゃ――」

と義昭は懐から紙を取り出し、隆景の前へ投げた。

それには次のように書かれてある。

灴肛肛塝

隆景は眉をひそめた。このような字は見たことがない。

「どうじゃ読めるか」

にやにやしながら義昭が言った。

隆景は首を振った。

「これは何でござる」

「光秀とわしだけが読める廋詞《そうし》（暗号）じゃ。――それはな、そちの名が書いてあるのじゃ。タカカゲとな」

義昭は得意そうに言った。

隆景は不愉快だった。

自分の名前をあらわす文字の中に〝肛〟などという下卑た字が入っているのである。どうも義昭という人は貴人のくせに、時々下品な言葉を使って喜ぶ癖がある。隆景が義昭に忠誠を尽くす気になりきれないのも、そんな性格にいまひとつ付いていけないものを感じるからだった。

「光秀からの密書はこの文字で書くよう申し付けてある。万一、敵の手中に落ちたとしても読めはせぬ」

義昭は光秀との連絡のために、この暗号を考え出した。これならば書状で連絡をとっても心配はない。

「この文字で書かれておれば光秀の連絡であることの証しにもなるのじゃ。偽の手蹟や花押《かおう》（サイン）にだまされることもあるまい」

それを聞くと隆景はまた嫌な顔をした。彼の父毛利元就は謀略の天才で、よく偽手紙などを使い敵を欺いたのである。今の義昭の言葉は、考えようによっては皮肉ともとれる。

「いや、これは余の失言であった。許せ」

義昭は隆景の心の動きを見透かして言った。

こういった点はさすがに鋭いものを持っている。

〝しかし、策士策に溺れるのたとえもあるが〟

隆景は浮かれて騒ぐ義昭を目の前にして、秘かにそう考えていた。

六

夜はまだ明けていなかった。

高松城の東側蛙ケ鼻の秀吉陣所では、三人の男が額を寄せ合って密談していた。

秀吉、官兵衛、恵瓊の三人である。

毛利方に織田を討つ秘策があるらしい——恵瓊のもたらした情報は重要であった。

それは伝八郎の持っていた書状と何らかの関係があるに違いない。

「これは、ぜひとも謎解きをせねばならぬな」

秀吉は言った。官兵衛も恵瓊も同感である。ただ読み方がどうしてもわからない。

「恵瓊殿、貴殿のお知恵を拝借したい。このような文字、御覧になったことがおありかな」

官兵衛の問いに、恵瓊は当惑したように坊主頭を何度も撫でた。

「拙僧も見たことのない字がござるな」

まずそう言って、恵瓊は書状を詳細に調べた。〝灴〟〝脢〟などという字は、経典の中にも出てこない。

「うーむ、わからぬ」

恵瓊は書状を床の上に置いた。

「唐の国や本朝の故事で、このような判じ物を解く話はござらぬのか」

と訊く官兵衛。

「左様、字面だけを見た限りでは――」

と恵瓊はある故事を話し始めた。

「野馬臺詩《やばたいのし》というものがござる。これは平安の昔、後の右大臣吉備真備《きびのまきび》公が入唐《にっとう》のおり、唐人が公の学才を試さんと示したものでしてな――」

と恵瓊はすらすらと懐紙に次のような詩を書いた。

始定壊天本宗初功元建
終臣君周枝祖興治法主
谷孫走生羽祭成終事衡

塡田魚膾翔世代天工翼
孫枝動戈葛百国氏右輔
昌徴中干後東海姫司為
白失水寄胡空為遂国喧
龍游窘急城土茫茫中鼓
牛喰食人黄赤与丘青鐘
腸鼠黒代鶏流異竭猿外
丹尽後在三王英称犬野
水流天命公百雄星流飛

秀吉はもちろんのこと官兵衛もこれが読めず、目をぱちくりさせていると、恵瓊は早速種明しをしてみせた。

「読みあぐねた真備公が、思い余って祖国長谷寺の観世音菩薩に祈願しますと、それが聞きとどけられたのか一匹の蜘蛛が天井から降りてきて、中央の〝東〟の字の上に落ち、詩の上を糸を引いて歩み始めたと申します。それをたどることによって、見事に詩の解読に成功したのでござる」

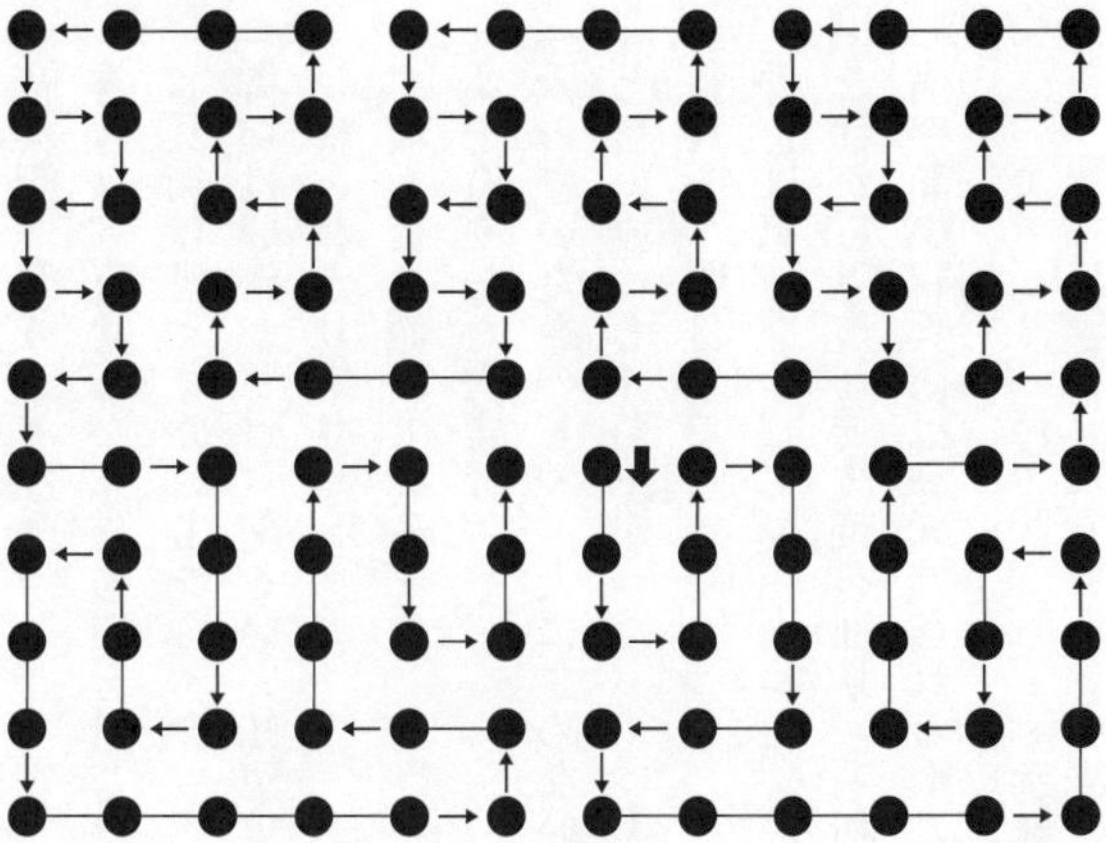

（右図は日本ブリタニカ「暗号通信」を参考にしました）

恵瓊は筆をとると詩文の上を上図のようになぞった。

「この順番にて書き下しますと、初めの行は」と恵瓊は次のように書いた。

　東海姫氏国百世代天工右司為輔翼

すなわち「東海姫氏ノ国、百世、天工ニ代ル右司輔翼ト為ル」

恵瓊が延々と詩の講義を始めそうになったので、官兵衛は慌てて丁重に押しとどめた。

大切なのは密書の解読である。

官兵衛はこの故事はどうも密書とは関係がないような気がしていた。なぜなら、〝炘炘〟

とかいった意味のわからない字の繰り返しの説明ができないからである。

「官兵衛、どうじゃな?」

秀吉は、官兵衛が恵瓊の口を封じたので、何かひらめいたのかと期待をして尋ねた。

官兵衛は黙ってかぶりをふった。

「御坊はいかがじゃ。何ぞいい知恵でも?」

「いや、わかり申さぬ」

恵瓊も首を傾げている。

業を煮やした秀吉は、

「人の書いたものじゃ、人に読めないわけがあろうか」

と言い放つと立ち上がった。

「官兵衛、明日までじゃぞ」

秀吉は恵瓊をつれて奥へ入った。

これから恵瓊と善後策を練り、毛利の出方を待つつもりなのだろう。

当惑顔の官兵衛は一人残される形となった。

七

居室に戻った官兵衛は書状を前に思案投げ首のていであった。

残念ながら未だにどこから手をつけていいのかわからない。

〝わしの知恵の底が見えるわ〟

官兵衛は苦笑する他はなかった。

床の上にごろりと寝そべった官兵衛は、そのうち名案を思いついた。

「誰かある、継之介を呼べ」

官兵衛はがばと起きあがると家来の名を呼んだ。

呼ばれてきた男は三十歳そこその武士で、名を河村継之介という。最近召しかかえたもので、元は近江甲賀郡の地侍であった。甲賀は素っ破《すっぱ》（忍者）の本拠地の一つである。

「お召しにより。何か御用でござるか？」

「そちの知恵を借りたくてな」

「はい、手前のような者の知恵でよろしければ何なりと」

かしこまって継之介は答えた。

「素っ破どもが使う秘密の廋詞を存じおるか」

官兵衛は実際に使われている暗号法を知ることによって、解読の参考にしようと思い立ったのである。

「七字の仮名——というものがございます」

と継之介は硯と筆を取り寄せ、半紙に図を書いて説明した。

	み	か	た	そ	つ	よ	き
て	い	ろ	は	に	ほ	へ	と
き	ち	り	ぬ	る	を	わ	か
わ	よ	た	れ	そ	つ	ね	な
ほ	ら	む	う	ゐ	の	お	く
ろ	や	ま	け	ふ	こ	え	て
ふ	あ	さ	き	ゆ	め	み	し
る	ゑ	ひ	も	せ	す	ん	

平文
子に夜討ち
（子の刻に夜討ちあり）
←
ね　に　よ　う
よわ　そて　みわ　たほ
ち
みき

「かように、一字を二字で表わしまする」

「成程、成程、味方ぞ強き、敵は滅ぶる、か、覚えやすいのう」

「はい、勿論、この言葉は変えてもよいわけで、いろはの順を逆にしてもよいわけでござる」

一通りの説明が終ると、官兵衛は初めて問題の書状を取り出し、継之介に示した。

「どうじゃ、これが読めるか？」

受け取ってしばらく眺めていた継之介は逆に質問してきた。

「これは手紙でござるか、それとも証文の類いでござるか？」

「何故、そんなことを訊く」

「もし手紙なれば――」

と継之介は言った。

「初めに宛先、終りに書き手の名がある筈でございますから」

それを聞いて、官兵衛は膝をぽんと叩いた。

そういう考えの進め方もあったのである。

官兵衛は継之介の知恵を褒め讃え、部屋から下がらせた。今の言葉で糸口を摑んだのである。

問題は書状の最後の一行、
　灴焳晴晦汗熇腈

これは差出人の名ではないだろうか。だとすると、それは一人の名しかない。伝八郎が死してまで忠義立てをする人物、主君の明智光秀である。では、光秀は自分の名を何と書いたであろうか。惟任日向守か、明智日向守だろうか、いやいや、そんなに長い名を使えばわずらわしい。これは簡潔な方がよい筈だ。だとすれば光秀（ミツヒデ）の二文字か四文字であろう。

すなわち、

熇腈↓光秀

か、

晦《ミ》汗《ツ》熇《ヒ》腈《デ》

のどちらかである。

官兵衛は後者をとった。カタカナを使う方が沢山の言葉を容易に表わせる。漢字は何千何万とあるが、カナは四十八種しかないのだから。

そこまで考えてきて、突然官兵衛は気が付いた。ここに使われている漢字、偏《へん》と旁《つくり》に特徴があることを発見したのだ。

まず偏だが、木、火、土、金、水、日、月の七種類しかない。そして旁の方も、丁、工、干、林、青、毎、高の七種類である。

〝埜〟の上下は偏や旁ではないが、それに準じたものと考えればよかろう。

問題は七×七で四十九になるということである。すなわち四十八種のカナを表わすのに充分な数だということである。

まずイロハの表を書き、晦汗熇腈《ミツヒデ》の四文字を当てはめてみる。

	一	二	三	四	五	六	七
一	イ	チ	ヨ	ラ	ヤ	ア	ヱ
二	ロ	リ	タ	ム	マ	サ	ヒ
三	ハ	ヌ	レ	ウ	ケ	キ	モ
四	ニ	ル	ソ	ヰ	フ	ユ	セ
五	ホ	ヲ	ツ	ノ	コ	メ	ス
六	ケ	ワ	ネ	オ	エ	ミ	ン
七	ト	カ	ナ	ク	テ	シ	

	一	二	三	四	五	六	七
一							
二							熇ヒ
三							
四							
五			汗ツ				
六						晦ミ	
七					腈テ		

となると、こういう図式が考えられる。

偏＼旁	干	青	毎	高
火				ヒ
氵(水)	ツ			
日			ミ	
月		テ		

偏＼旁	干	青	毎	高
木	杆ヨ	棈ヤ	梅ア	槁エ
火	⿰火干タ	⿰火青マ	烸サ	熇ヒ
土	圩レ	埥ケ	⿰土毎キ	塙モ
金	釬ソ	錆フ	鋂ユ	鎬セ
氵(水)	汗ツ	清コ	海メ	⿰氵高ス
日	旰ネ	晴エ	晦ミ	⿰日高ン
月	肝ナ	腈テ	脢シ	☒

「これでよい、これでよい」

と官兵衛は歓喜の叫びを上げた。

おそらく右側の縦の列は、陰陽五行説による順番通り、〝木火土金水〟となり、それに〝日月〟がつくのであろう。氵（サンズイ）は水を表わしていること、言うまでもない。

わかった文字だけで文を解読すると、次のようになった。

ヨシアキサマ□
フナ□□フタタ
□ン□□シ□テ
□□□□モ□シ
ソ□□□タタ□
□ヒテヨシ□□
タマエミツヒテ

ヨシアキサマ、
□フナ□□フタタ□ン□□シ□テ□□□□
モ□シソ□□□タタ□□ヒテヨシ□□タマ
エ、ミツヒテ

官兵衛は再び頭を抱えた。
密書の相手は足利義昭だった。ヨシアキサマ——義昭様であろう。光秀は毛利方に保護されている義昭と通じていたのだ。ところが肝心の内容がわからない。――タマエとある点からみても、光秀は義昭に〝――し給え〟つまり何かをしろと勧めているのだ。だが肝心かなめの〝何か〟がわからない。

官兵衛は唇を噛んで考え続けた。

〝タマエの前にあるヒテヨシは秀吉殿のことであろう。そうなら、ヒテヨシウチタマエとすればどうだ〟

すなわち、〝秀吉（を）討ち給え〟と、光秀が勧めていることにすると、

〝埜〟がウ、〝杠〟がチということになる。

こうすれば、図のようになって、右側の列の〝木〟と〝土〟と矛盾しない。

官兵衛はしめたと思った。

新発見を加えると、図のようになる。

	工	林
木	杠《チ》	
土		埜《ウ》

高	毎	青	林	干	工	旁／偏
槁ヱ	梅ア	棈ヤ	森ラ	杆ヨ	杠チ	木
熇ヒ	烸サ	[火+青]マ	焚ム	[火+干]タ	灴リ	火
塙モ	[土+毎]キ	埥ケ	埜ウ	[土+干]レ	[土+工]ヌ	土
鎬セ	鋂ユ	錆フ	[金+林]ヰ	釬ソ	釭ル	金
滈ス	海メ	清コ	淋ノ	汗ツ	江ヲ	氵(水)
[日+高]ン	晦ミ	晴エ	晽オ	旰ネ	[日+工]ワ	日
☒	脢シ	腈テ	[月+林]ク	肝ナ	肛カ	月

そうなれば最後の一行はおのずと決まる。

〝丁〟である。

杒灯圢釘汀町肛

〝ようやく解いたか〟

官兵衛はほっとした。しばらく字をあてはめることすら忘れる程だった。それにしても、おそらく覚えやすくするためだろうが、右の行を〝木、火、土、金、水〟と五行説通りの順番に並べておいてくれて助かった――もし、順番を、例えば〝月火水木金――〟などと変えられたら見当がつかなくなるところだった。

官兵衛は大きく息を吸い込むと、解読の結果を別紙に写し始めた。

途中から表情は蒼白になり、彼は筆を放り出して立ち上がった。

八

「なんじゃ官兵衛、こんな夜更けに――」

秀吉は寝入りばなを起こされ不機嫌な声を出した。さすがの秀吉も、待ち切れずに寝ようとしたところであったのだ。

「解けたのでござる」

官兵衛はまっ青な顔で震えていた。寒いのではない、緊張のあまりである。

「何、解いたか。さすがは官兵衛、見事である」

「殿、お人払いを」

と官兵衛は秀吉に言い、二人きりになったところで懐から半紙を取り出した。それは例の書状を官兵衛がわかり易いように漢字混りで書き直したものである。

「げっ、これは」

一読した秀吉は腰を抜かした。それにはこう書かれてあったのである。

義昭様

信長、信忠、本能寺にて討ち取り申し候《そうろう》
ただちに秀吉討ち給え

光秀

「馬鹿な、こんなことが――」

秀吉は茫然自失、体の力が抜けていく思いだった。

「しっかりなさいませ。お気を確かに」

官兵衛は冷静な口調で言った。

「調略じゃ、敵の罠じゃ。上様（信長）が明智ごときに討ち取られる筈はない」

秀吉はわめいた。

「お静かに、お声が高うございます」

「官兵衛、そちもそう思うであろう」

官兵衛はかぶりを振った。

「罠なれば、このように回りくどい判じ物にせずともよいではありませぬか」

と逆に秀吉の思考を促すような話し方をした。

秀吉も段々と冷静な思考がよみがえってきた。偽の情報で織田方をまどわせるためなら、手紙を暗号にする必要はないのである。それに藤田伝八郎を捕えたのも、いわば偶然のなせる業であった。

ふうっと大きな溜息をついて秀吉は床の上に腰をおろした。

「――官兵衛、これからどうする？」

「殿が天下の権を握るときが来たのでござる。急ぎ毛利との和議をまとめ、兵を京へ返し光秀を討ちなされ」

官兵衛は事も無げに言った。

「そんなことはわかっておる」

と秀吉は一喝した。問題はどうやって毛利との和議をまとめるかだ。信長討滅の黒幕が将軍義昭である以上、光秀の謀反は毛利も承知の上のことで、その成功の知らせを待っている筈だ。慌てて講和しようとしても、向うがのってくるわけがない。しかし、このまま動かずにいても、いずれは信長の死が相手に伝わり、敵は勇気百倍し味方は意気消沈して敗北は必至である。いまや秀吉軍は絶体絶命であるといえた。兵をまとめて京へ向っても、毛利は追撃してくるだろう。いずれは信長の死が伝わるのだから。それに慌てて動いたりすれば、光秀の謀反の成功を相手に知らせてやるようなものだ。動いても動かなくても、秀吉軍は危機に陥るのである。

この窮地をどうやって脱するか？

「ご安心あれ、この官兵衛に秘策がござる」

と官兵衛は秀吉に何事か耳打ちをした。

それを聞いた秀吉の顔に生気が蘇《よみがえ》った。

九

夜が明けた。

宿舎にあてられた寺の寝所でやすんでいた義昭は、急使の到着を知らされ飛び起きた。

「来たか」

義昭は寝巻きのまま使者と面接した。

使者は三十そこそこの男である。百姓姿に身をやつしていた男は、懐から細かく折りたたんだ書状を義昭に差し出した。

義昭はひったくるようにして受け取ると、隆景を呼ぶように言いつけ、早速解読にかかった。

杆脢梅坶烸焨《ヨシアキサマ》

といういつもの書き出しで始まっていた密書の内容は、義昭の予想とまったく食い違うものだった。

義昭は失望のあまり、畳の上に座り込んだ。

隆景がやってきて、その様子を見て言った。

「上様、首尾よう参りましたかな」

その声は冷ややかだった。隆景は義昭の顔を見ただけで、密書の内容の見当がついた。

義昭は密書を隠すような仕草をみせ口ごもった。

「上様」

と厳しく隆景は返答を求めた。

「——失敗したようじゃ」

肩を落して義昭は言った。

書状には、信長を取り逃がしたこと、やがて丹羽長秀、柴田勝家らと合流し反撃に出てくるであろうこと、が記されていた。

「なれば明智はもちませぬな」

と隆景は現状を分析した。信長が手持ちの軍団を各地へ派遣し、自己の防備が手薄になった時点こそ、絶好の機会だったのだ。そのような好機を逃がすようでは、明智光秀に明日はない。

「早速、筑前めと和議を結びましょう。もはや上様のお手をわずらわせることもございませんな」

と、隆景が言うと義昭は、

「調略じゃ、これは。偽の手紙ぞ、そうに決まっておる」

「光秀殿と上様だけが御存知の、確かな方法でござりましたな」

皮肉っぽい声が隆景は言い、その場から去った。

義昭は座り込んだままだった。

光秀の手を借りて長年の宿望が遂げられると確信していたのに、なんという結果に終ったことだろう。

「御使者の者が京へ戻りたいと申しておりますが――」

近習の者の声で義昭は我に返った。

「――そうか、大儀であった」

と義昭は力の無い声で、庭先でかしこまっている使者の労をねぎらった。

「その方、名を聞いておこうか」

義昭は使者の男にそう言った。

「――山村継之介と申しまする」

と男は平伏しながら言った。

その顔には笑みが浮かんでいた。

十

その日のうちに和議はまとまった。

秀吉が講和条件を緩和し、備中・備後・美作の三カ国を割譲してくれればよいとしたのである。最後までもめた高松城将清水宗治の切腹も、恵瓊が宗治に直談判した結果すんなりとまとまった。宗治は喜んで腹を切ることを承知したのである。

宗治の切腹は、巳の刻（午前十時）から始まった。宗治は白装束で舟に乗り、蛙ケ鼻の秀吉陣所下まで漕ぎよせ、見事に腹を切った。

年四十六。秀吉と同い年であった。

浮世をば今こそわたれ武士《もののふ》の
名を高松の苔にのこして

辞世である。宗治の兄の月清法師も、本来なら自分が家を継ぐ筈だったのだからと、一緒に腹を切った。供侍も全員が追腹を切った。

秀吉は明け渡された高松城に家来の杉原家次を籠らせ、怒涛の勢いで京へ向って出発した。信長の仇を討ち、天下を取るためである。

「それにしても――」

と秀吉は官兵衛とくつわを並べながら、

「その方の功は大きい。戦さが終れば、大いに天下に喧伝せねばな」

「おそれながら、その儀はいかがかと――」

と官兵衛は密書解読の功の恩賞を辞退した。

それよりも光秀の家来が誤って秀吉に本能寺の変報を届けたことにした方がよい。

「さすれば、惟任殿の運の無さ、家来の間抜けさ加減が世間に広まり、戦いにも利するところがありましょう」

秀吉は官兵衛の抜目なさに舌を巻いた。

「お主、天下を取れる男だの――」

秀吉は官兵衛にそう言った。

皮肉ではなく本心であった。

官兵衛は心中舌打ちした。

秀吉が自分を警戒し始めたことにいま気が付いたのである。

＊　＊

本能寺の変報は秀吉が京へ向って出発したのち、毛利の陣に届いた。もたらしたのは信長の長年の宿敵根来寺の僧である。秀吉が陣を敷いている間は、警戒が厳しく毛利側へ入れなかったが、京へ出発し、陣が引き払われたため、ようやくたどりつくことができたのだ。

毛利方は秀吉にだまされたことを知った。

口々に秀吉をののしり、追撃を主張する家中の者を、隆景は押しとどめた。

「まあ待て、互いに誓紙を交したのだ」

一応の理窟だが、向うはだましてきたのである。誓約を破ったところで文句を言われる筋合はない。しかし、それでも隆景は追撃に反対した。

〝ひょっとしたら、あの男、天下を取るかもしれぬ〟

言わば先物買いであった。

隆景は絶体絶命の窮地から脱した秀吉の運の好さに賭けてみたくなったのである。

仮に秀吉を追撃して葬り去ったところで、織田軍団には柴田勝家、丹羽長秀、滝川一益などがおり、明智もいる。むしろ、これらの諸将に相争わせ、それを傍観している方が得策である。ここで秀吉に恩を売っておくことは、将来生きてくるかもしれぬ。

隆景はそう考えたのである。

＊　　＊

九日後の六月十三日、秀吉は京都近くの山崎で、光秀の軍勢を散々に打ち破った。世に云う天王山の戦いである。破れた光秀は逃げる途中、土民の手にかかってあえない最期を遂げた。

のちに、秀吉が天下を取った時、隆景と毛利輝元は政権の中枢である五大老に任ぜられた。

太閤の隠し金

既に秋の気配が山道に漂っていた。

男は一人、その道を奥へ奥へとたどっていく。

ぼろ布のような単衣を身にまとい、すり切れた袴をつけ、武骨な造りの太刀を一本腰にさしている。年はまだ若い。

頭は充分に日に焼け、髪は結わずに後ろへ流し、眼光は飛ぶ鳥を射落すほどに鋭い。

姓は宮本、名は武蔵玄信《むさしげんしん》という。

つい一月ほど前、戦国最後の争乱となった大坂夏の陣に参加した。

利あらず戦いに敗れ、あわよくばと願った一国一城の主となる夢も消えた。

今はむしろ落武者狩りの心配をせねばならぬ。大坂方の名のある武将は、すべて賞金付きで追手がかかっていた。

武蔵にとって、大坂の陣で功名手柄をたてられなかったことは幸いだったかもしれない。皮肉なことだが、この頃の戦いは個人が功名を得られるようなものではなくなっている。

それよりも多数の兵を如何に指揮し、如何に切所《せつしょ》を攻略するか、総大将の意思通りに動くか――それが問題なのである。一対一の戦いでは評価されない。

もっとも武蔵は戦場において数十人を叩き斬るつもりだった。そして実際にそれに近い人数の敵を斬り伏せた。

しかし、しょせんは大海で小さな泡をおこしたに過ぎない。雑兵が雑兵を一人で何人殺そうと、大勢に影響はなかった。

そうこうするうちに、大坂方は完全に敗北した。城は落ち、城主の秀頼そして母の淀君は自害、豊臣家は完全に滅亡してしまった。

戦場から必死の働きで脱出した武蔵だが、もはや身を寄せる所はどこにもない。一人の配下も持たず、満足な手柄も立てられなかった。それゆえに徳川からは名指しで手配されることもなかった。それだけが不幸中の幸いだった。

今、武蔵は、故郷に近い播州の山へ向っていた。山の中なら何年でも暮らせる自信があった。

川の魚や山の獣を取り、ほとぼりがさめるまで人里に出ない。それが考えられる最善の方策である。

まだ日は高かった。

武蔵は腹が減っていたが、少し歩みを早めた。山の奥にわけ入り、きょうのねぐらを見付ける必要がある。もし、まともな場所がなければ小屋でも作るつもりだった。いずれにせよ、日の暮れぬうちに行けるところまで行きたかった。

この山の奥には、かつて太閤秀吉が開発し、大量の銀を掘り出し、数年のうちに廃鉱となった鉱山がある。

武蔵はその廃鉱を目指していた。

ひょっとすると人夫が使った小屋がまだ残っているかもしれなかった。

突然、獣じみた叫び声と共に、武蔵の右側の林の中から男が飛び出してきた。それを追って数人の男が道へ出た。

追われた男は中年のむさ苦しい風体をした浪人だった。肩口を斬られ鮮血で衣を真赤に染めて、男は武蔵の垢じみた袴に取りすがった。

「頼む、お助け下され」

武蔵は無言で男から追手の男達に視線を移した。

追手もいずれも浪人で五人おり、落武者のふてぶてしさを感じさせた。

「――そやつを渡せ」

中央に立った追手の一人が言った。

もっとも年かさで、これが頭らしい。

「何故、この男を追う?」

静かな声で武蔵は問うた。

「そやつの刀に用がある」

頭の男が言ったので、武蔵は追われている浪人をちらと見た。

浪人は背中に金襴の長い袋を背負っていた。おそらく袋の中味は由緒ある名刀であろう。

「なるほど、おぬしらは物盗りか?」

武蔵は言った。

頭の男はせせら笑うと、

「冗談は言わねえでくれ、物盗りはその男よ。なにしろ落城の際、宝物倉からそれをかっぱらったんだからのう」

「違います。とんでもないこと」

浪人は必死に抗弁した。

「これは、さる高貴な御方からお預かりしたもの。神かけていつわりはござらん」

「黙れ、そんなことはどうでもいい。とにかく刀をこちらへ寄越してもらおう。そうすれば命まで取ろうとは言わねえよ」

「語るに落ちたとはこのことだな」

武蔵は凄味のある微笑を浮かべると、

「去るがいい。こちらも命まで取ろうとは言わん」

「何だと、てめえ逆らおうって気か」

男達は一斉に抜刀した。

武蔵も一歩前に出ると、静かに刀を抜いた。

無銘だが大業物《おおわざもの》の一刀である。

大坂の陣では無数の徳川方の血を吸っている。

「もう一度言う、去れ。落武者同士争っても仕方があるまい」

「問答無用だ。叩き斬れ」

頭の男が叫んだ。

武蔵はその瞬間、飛鳥のような素早さで前に出、男の刀を払い返す刀で斬り伏せた。

頭を斬ることで、他の四人を斬らずに済まそうと思ったのだ。

だが戦場をくぐり抜けてきた男達である、逆に頭を斬られて激高した。

結局、武蔵は次々にうちかかってくる男達をすべて斬り伏せなければならなかった。

無用の殺生を終えたあとの武蔵の表情は、暗く重かった。つい一月前までは曲がりなりにも味方だった者どもである。

斬らずに済むものならそうしたかった。

「黄金を目の前にして無念だ」

最後の一人はそう言って事切れた。

「あわれな」

武蔵はそう呟くと、血塗れた刀身を着物の袖で拭って、鞘に納めた。

ふと気が付くと、助けた男が道に平伏していた。

「忝《かたじけ》のうござった。御礼の言葉もござりませぬ。拙者、名は――」

「いや、聞かずにおこう」

武蔵は言った。

「ともに敗軍の兵、いまさら名乗りあっても、腹のたしにはならぬ。傷の養生をされることだ」

「いや、お待ち下さい。しばらく、しばらく」

前へ進もうとする武蔵の袴の裾にすがって男は必死の形相で言った。

「離してもらおう。拙者とそなたは単なる行きずりの縁、このまま左右に別れるのが一番よい」

「いや、いや、袖すり合うも他生の縁とか申す。ぜひ拙者の話をお聞き下され。五百万両、五百万両の話でござるぞ」

「五百万両？」

一瞬、武蔵の心の中に金に対する関心が芽生えた。そして、それと同時に武蔵はその心の動きを恥じた。

「金には興味はない」

それを聞くと、男は気味の悪い笑いを浮かべて、

「誰でもそう言いたがるものでござる。しかし本心はそうではないということも、拙者よく存じておる」

いかにも武蔵の心を見透かしているぞ、といわんばかりの態度であった。

武蔵は不愉快だった。

本心から金には興味がない。

出世して、自らの兵法、軍略を世に問うてみたいという気はある。しかし、いたず

らに財宝を得て、世の楽しみを尽くそうという心はまったくないのだ。

それなのに、他人にそう見られたこと自体不快だった。

武蔵は男の手を振りほどいて歩き始めた。

男は呆気にとられ、慌てて後を追おうとしてその場に転んだ。

傷の痛みで起き上がれず、男は足早に立ち去る武蔵を呆然と見ていた。

そして、しばらく考えた後、大声で叫んだ。

「お待ち下され、拙者は亡き秀頼公から遺命を受けた者でござる。お手前も、武士ならば、一度でも豊臣家の禄を食《は》んだ者なら、拙者をお助け下さるのが、武士の義と申すものではないか」

この言葉は武蔵の歩みを止めるのに絶大な効果があった。

利ではなく、義によって動かされるのが武士である。

それは武蔵の信念でもあった。

武蔵は歩みを止め、大きく息を吸い込むと男のところへ引き返した。

男は会心の微笑を浮かべると、

「よくお戻り下された。拙者は藤川与兵衛《ふじかわよへえ》と申す。お手前は？」

と尋ねた。

「――宮本武蔵」

不承不承ながら低い声で武蔵は名乗った。

「まさに百万の味方を得た思いでござる」

と与兵衛は言った。

「ところで、伺おう、秀頼公の遺命とは何だ？」

武蔵は訊いた。

与兵衛は口のところに右手を添えると、秘やかな声で、

「お教え申そう。実は太閤の遺金のことなのでござる」

と驚くべき告白をした。


太閤こと豊臣秀吉――この男の出世譚《しゅつせたん》は改めて語る必要はあるまい。

尾張の百姓の息子ながら、織田信長に仕え立身し、ついには関白となり天下をその手に握った男だ。

だが、その男の築き上げた家も二代で終ってしまった。まさにその辞世に詠んだ通り「浪華のことは夢のまた夢」である。

「豊臣家再興の資金となるべき五百万両の黄金がこの山中に埋蔵されているのでござ

る」

道の脇にある石に腰をかけた与兵衛は、手早く傷の手当を済ますと、驚くべきことを言った。

武蔵はわずかに顔を持ち上げ与兵衛の方を見た。

与兵衛は、武蔵が驚きのあまり口もきけないのかと誤解したらしい。

「五百万両ですぞ、五百万両」

金額を二度くり返した。

「――で、それが、秀頼公の遺命とどのようにかかわるのだ？」

武蔵の言葉に、与兵衛はそのむきたての卵のようにツルツルとした顔に呆れたといわんばかりの表情を浮かべ、

「お手前はおわかりにならんのか、五百万両という金が、どれほどの金か。天下を買い取ることができるほどの金でござるぞ」

「拙者はそれには関心はない。それよりも、貴殿の言われた秀頼公の遺命について伺いたい」

武蔵は興奮もせず淡々とした口調で言った。

「お手前は、よほどの変人でござるな」

と、与兵衛は溜息をつくと、背中に負った金襴の袋をはずし、中から黄金造りの太刀を取り出した。

そして鞘を払うと、武蔵に示した。

「──うむ」

それは武蔵の目を奪うほどの見事な刀だった。

反《そ》りもほどよく、刃文《はもん》の流れも美しい。

「正宗か」

「さすがにお目が高い」

与兵衛は狐のような細い目を精一杯に開いた。

「これこそ、豊臣家伝来の宝刀雲龍丸でござる」

与兵衛はそこで一息つくと、勿体ぶった動作で刀を鞘に納め、

「この雲龍丸は豊臣家の埋蔵金の有処《ありか》へ通ずる鍵なのでございます」

「どういうことだ？」

武蔵は問うた。

「拙者、落城のおり秀頼公のお側近くを守っておりました。そして、いよいよ公が御自害の際、拙者にこの宝刀を預けて申されたのでござる。与兵衛、この刀を持って播

磨の山中へ行け、そこに太閤秀吉殿下の隠された黄金五百万両がある。その金を掘り出し豊臣家再興の軍資金とするのだ、とな。そして詳しい場所をお教え下さったのでござる」

「なるほど、それが秀頼公の遺命か」

武蔵が呟くと、与兵衛は涙をこぼした。

「誠に無念でござった。拙者も御供する所存であったが、固くそれを禁じられ、必死に城を脱出したのでござる」

「しかし、今更どうしようもあるまい」

武蔵は言った。

豊臣家再興の軍資金といっても、もはや再興すべき豊臣家そのものが滅び去ったのである。まさに宝の持ち腐れというものだ。

「それはそうでござるが、拙者ぜひとも山に入り、この眼で黄金を確かめとうござる。それが秀頼公に対する御恩返しになるような気が致し、矢も楯もたまらずやってきた次第でござる」

奇妙な理屈だったが、武蔵は思わず頷いていた。

何よりも五百万両という途方もない金に対する好奇心があるのだろう。

武蔵にもそれはあった。

「で、先程の連中は？」

「拙者の背にある宝刀に目をつけたのでござる。おそらく金目の物と見当をつけたのでござろう」

「袋の中味を見せたのか？」

武蔵の問いに、与兵衛は大きく首を振った。

「とんでもない。お見せしたのは落城以来お手前が初めてでござる」

与兵衛はそう言って、居ずまいを正すと、

「お願いでござる武蔵殿、どうか拙者と一緒に太閤遺金の有処まで行って下さらんか。いや、どうも拙者、武芸の方はいまひとつ無調法でな。貴殿のような強い味方がいれば鬼に金棒なのだが」

武蔵は最初は断わった。

何かこの与兵衛の表情の中に卑しげなものを感じたからだ。

だが、ねばり強い説得につい諾と言ってしまったのは、武蔵の心の中にわずかながらも好奇心があったからだろう。

廃鉱の跡に着くのにはまる一日かかった。

道標もない山奥で、かつて存在した筈の登山道も全部が崩され塞がれていた。

武蔵と与兵衛は、仕方なく獣道を歩き、遠回りした挙句、ようやく廃鉱にたどりついた。

かつて全山が銀の産出地として華やかだった頃の面影はなく、崩れかけた坑道がぽっかりと口をあけ、冷たい風が吹いていた。

鉱石を洗った川もあったが、足場の木材は腐り、人の気配はまったくない。

「ようやく着いたな」

与兵衛は全身に疲労をにじませて川原に膝をついた。

「で、これから、どうするのだ。黄金は一体どこにある」

武蔵の口から珍しく性急な言葉が漏れた。

与兵衛は当惑したように、あたりを見回した。

川原から見上げると、四面を山が囲んでおり、山腹のところどころに穴があいている。

それぞれ坑道への入口なのであろう。

「どうした、与兵衛殿」

武蔵はからかうように言った。

どうやら与兵衛はどの穴に黄金が隠されているかわからない様子なのだ。

「穴が五つあるな」

うめくように与兵衛が言った。

「裏の方にもっとあるかもしれん」

ひとごとのように武蔵は言った。

「全部探さねばならん」

これ以上一歩も歩けないという面持ちの与兵衛が言ったので、武蔵は驚いた。

「本気か」

与兵衛は黙って頷いた。

「秀頼様の遺命を果すためだ止むを得ん」

というよりは黄金のためだろう——と武蔵は言いたかったが、あまりに真剣な表情だったので止めた。

「それにしても、食物はどうする。夜露をどうやってしのぐのだ」

「それは貴殿に任せる」

与兵衛はけろりとして言った。

「貴殿もこの山を出たところで行くあてもなかろう。それならば、ここに小屋を建ててしばらく暮らしたらどうだ」

「小屋を、拙者に建てろというのか」

呆れて武蔵は言った。

「その通り、この与兵衛にはそのような才はないからの」

有無を言わさぬ与兵衛の態度だった。


奇妙な生活がそれから五日ほど続いた。

最初の二日で、武蔵は川原に小さな掘立小屋を作った。

武蔵はこういうことには奇妙な才能があった。山の木を切り出し、木と木を切り込みでうまく組み合わせ、またたく間に小屋らしきものを作った。

肝心の食料も、野の獣を取り、川の魚を捕えて、何とか調達した。

その間に与兵衛は武蔵を置いて一人、黄金の探索に向った。

五日かかって、ようやく三つの穴を調べ終えた。

だが、そこには何もなかった。

朽ち果てた柱と、今にも崩れそうな天井と、カビくさい臭気が与兵衛の見付けたものすべてだった。

「おぬし、本当にここに宝があると思っているのか」

　三日目の夜、疲労困憊して探索から帰ってきた与兵衛に武蔵は聞いた。

「ある。──わしはまぎれもなくこの耳で秀頼公から聞いたのだ。確かに、この山に五百万両が隠されているとな」

「しかし──」

　武蔵は焼いた鮎の胴の肉を一口ほおばると、

「それならば、何故、秀頼公はもっと正確な場所をおぬしに教えなかったのだ。そうすれば、これほど苦労することはなかった」

「──時が無かったのだ。城は既に炎上しておったのだぞ。詳しい御言葉をうけたまわる暇などあるものか」

　与兵衛は怒ったように言った。

「それにしても、その刀」

　と武蔵は与兵衛が片時も離さず、常に背負っている雲龍丸を指して、

「宝庫の鍵だとか申しておったな。それには何か書かれておらんのか」

「書かれて──とは？」

与兵衛はけげんそうな顔をした。

「宝庫の場所の図面とか、有処を示した書付とかだ。隠すところはいくらもあるだろう」

「なるほど、それは気が付かなかった」

与兵衛は刀を取り出し、鞘を払った。

武蔵は目釘をはずし、刀を柄から抜いた。

そして、柄の中味や鍔の裏表などを一心に調べた。

そればかりでなく、刀身そのものもよくよく焚火に照らしてみた。

刀身には手彫りで文字や絵を彫ることができるからだ。

しばらく、武蔵と与兵衛はその作業に熱中した。

だが結果は空しかった。

手がかりになるようなことは刀のどこにもなかったのである。

「駄目か」

与兵衛が長い溜息を漏らした。

期待した分だけ失望も大きかった。

それでも与兵衛は何かにとりつかれたように探索を続けた。

そして、六日目の晩、変事が起こった。

その夜、与兵衛はついに小屋へ戻らなかったのである。

一晩待った武蔵は翌朝、与兵衛を探しに出かけた。

先に黄金を見付けた与兵衛が、自分を置き去りにして逃げたことも考えないではなかった。

だが、その可能性は少ない。

何しろ五百万両という大金だ。一人で持ち運ぶことなど不可能だし、この山道を一人で帰るのも大変である。

それなら自分と一緒の方が安心の筈だ。

だから、考えられるのは事故である。

武蔵は宝探しをする気はなかった。

だから坑道の中には足を踏み入れなかったが、かなり危険な場所であることは見当がついていた。

与兵衛が向ったのは、川原から見て右手の山腹にある、最も古い坑道であるらしい。

武蔵はゆっくりとその山を登った。

こうした鉱山には瘴気《しょうき》が発生しやすいことも、武蔵は心得ていた。

瘴気——すなわち毒ガスである。

これは実に始末に悪い。

武蔵自身は知らなかったが、瘴気には無臭のものすらある。これだといかなる武芸者も防ぎようがない。

与兵衛がそれにやられたとすれば厄介である。

武蔵もそれと同じ失敗を繰り返す恐れがある。

武蔵は油断なく、あたりの虫や獣の気配に注意を集中していた。

こういう小動物は危険を察知するのが実に早い。

その気配を知ることによって、今まで幾度となく危機を乗り越えてきた武蔵だった。

山には霧が出ていた。

森の木々には薄い白色の幕がかかり、体にしみつく細かい水滴は、武蔵の気分を不快にしていた。

汗とも違い、雨とも違う。

体にまとわりつく衣服の感触はこころよいものではない。

しばらく歩いて、武蔵はようやく坑道の入口にたどりついた。

ぽっかりと口を開けた闇の入口で、武蔵は全身に異様な感覚を覚えた。

人の気配――まさにそれだった。

武芸者として鍛練に鍛練を重ねた、その修行の課程で磨き上げられた生来の鋭敏な感覚に、訴えてくるものが確かにあった。

多くはない、おそらくは一人だ。

一人の男がこの中にいる。

しかし、それはおそらく与兵衛ではない。

武蔵は大きく息を吸い込むと、全身の感覚を針ねずみのようにとぎすまして、坑道の中へ入った。

光と影が一瞬にして逆転した。

中は金属の臭いがした。

何ともいえぬ嫌な臭いである。

数歩で武蔵は止った。

暗闇に目を馴れさせなければならない。

誰かいるとわかっているのに、このまま進むのは自殺行為だ。

ようやく、坑道の中のものが見えてきた。

しかし、ろくな物はない。

木の屑とか、鉱石のかけらといったものである。

道はさらに奥に続いている。

奥の方は闇に包まれている。

武蔵はゆっくりと進んだ。

さすがに刀の柄に手がかかった。

敵はどちらから襲ってくるのかわからないのである。

「おい、そこの御仁」

突然、闇の奥から声がかかった。

年老いた何ともいえない嫌な声である。

「拙者のことか？」

武蔵は闇に向って言った。

目をこらしたが相変らず奥は何も見えない。

「そうだ、ここへ何をしに来た？」

声は言った。

「連れを探しに来たのだ」

「連れ？　連れとはどんな男だ。おぬしは何と言う」

「人に名を尋ねる時は、まずそちらから名乗るのが礼儀であろう」

武蔵は軽く身構えながら言った。

それに対しては気味の悪い笑い声が返ってきた。

「――では、こちらから名乗ろう。わしは猪谷洪庵《いがやこうあん》、豊臣家に仕える者だ」

「浪人、宮本武蔵だ」

「宮本武蔵殿か、して、連れの者とは？」

「藤川与兵衛という者だ。ここへ来たのではないか」

「はて、藤川？　その男はどんな風体をいたしておる？」

武蔵は〝声〟に対し、与兵衛の服装と持物を教えてやった。もちろん刀のこともだ。

「そうか、おぬしはあの与兵衛殿の仲間か」

声は言った。

「そうだ、与兵衛を知っているのか」

「藤川氏ならこちらにおる」

「何、どこだ？」

「武蔵殿、こちらだ。もそっと前に進まれよ」

武蔵は数歩前に出た。

だが相変らず何も見えず、聞こえるのは声だけである。

「武蔵殿、もう少しこちらへ参られよ」

武蔵は声を目当てに進んだ。

そして不覚をとった。

一歩先の地面がなかった。

そこには地獄への入口のような深い穴が、武蔵を飲み込もうとぱっくりと口を開けていたのである。

武蔵はかろうじて、かろうじて転落する瞬間体勢を立て直し、穴のヘリをつかんだ。

並の人間なら、とうの昔に転落していただろう。

だが間一髪、武蔵は右手一本でヘリにつかまり、異常なまでに強い握力で体重を支えた。小石がいくつか穴の底へ落ちていった。

底にあたる音が響いたのは、随分経ってからである。

武蔵の背筋を冷たいものが走った。

この深さでは転落した者は生きていまい。

おそらく与兵衛はこの穴の底に冷たいむくろとなって横たわっているに違いない。

武蔵はあたりの気配をうかがった。
敵のいる様子はなかった。
武蔵は両手で穴のへりにつかまると、全身の力を込めて体を持ち上げた。
次の瞬間、武蔵は飛鳥のように穴から脱出していた。
とりあえず外へ出るのがいいようだ。
武蔵は今来た道を戻り、坑道の外へ出た。
霧は既に晴れており、日の光がまぶしかった。
〝危ない所だった〟
武蔵は冷汗をかいていた。
文字通り、虎口を脱したのである。
それにしても、わからないことだらけだ。
奥にいたと思われる声の主は一体何者か？
与兵衛はおそらく死んでいるだろうが、何故殺られたか？
武蔵は今度は慎重に行動することにした。
その日はいったん小屋に引き返した。
その夜、武蔵の危惧していた敵の夜襲はなかった。

武蔵は松の枝を細かく切って、松明《たいまつ》を作った。昨日の失敗は暗闇で敵の思うままに動いたことだ。

松明さえ持っていけば、その心配はないのである。

武蔵は翌朝、松明をもって再び例の坑道へ向った。

火をともした。

だが、これは暗闇の中では絶好の目印になる。

だから武蔵は松明を長い木の枝の先にくくりつけて中に入った。

こうすれば光を目印に矢を射られても大丈夫だ。

用心しながら昨日の場所へ向った。

今度は人の気配はなかった。

しばらく進むと、昨日の穴にぶつかった。

穴は一間四方ほどあり、松明をかざしても底は見えなかった。予想通りかなり深い穴である。

武蔵は穴の周囲を詳細に調べた。

昔はこの穴には蓋か橋のようなものがかけられていたらしい。しかし、それは取り払われたあとがあった。朽ち果てたというより、誰かが故意に取り払ったのだ。

「何のためにこんなことをする」

武蔵は呟いた。

これではこの坑道に入る者は、まず死んでしまう。たとえ最初から松明を持って入っても、このように凹凸もなく急にぽっかりと口を開いている穴だ。

余程注意しないとやられてしまうだろう。

〝ひょっとすると、太閤の遺金に対する守りか。この奥に宝があり、それを守っている者がいるのだろうか〟

武蔵はそこまで考えて首をひねった。

それならば、どうして与兵衛は殺されなければならなかったのか。

秀頼公の命を受け、そのしるしとして黄金造りの雲龍丸を持っていた与兵衛だ。

それを同じ豊臣の家臣が殺すというのは腑に落ちない。

武蔵はさらに奥に進むことに決めた。

穴の上を獣のような敏捷さで飛び越すと、武蔵はどんどん奥へ進んだ。

ところが一丁もいかないうちに、坑道は二股に分かれ、しかも一方は天井が崩れて通行不能、もう一方の道をたどると外へ出てしまった。

出たところはやはり森の中である。

昨日の声の主は、ここから逃げたに違いない。

武蔵は舌打ちした。


このままこの土地を去るという手もあった。

もともと武蔵は黄金には大して関心は無いのだし、与兵衛に拝み倒されてここまで来たのだ。

恩も義理もない。

だから、この地を去ることも考えたのだが、やはりその気にはなれなかった。

第一、このまま敵の顔も知らずに去るのはしゃくである。第二に、与兵衛が本当に死んだのか、黄金は本当にあるのか、といったことも気になる。

武蔵はもう一度、与兵衛との出会いから振り返ってみた。

考えてみれば奇妙な出会いであった。

追手に斬り殺されんばかりだった与兵衛を、助ける破目になったのだから。

〝それにしても、あの男たち、なかなかの腕だった〟

武蔵は思い出していた。

もう少し武蔵に余裕があり、相手の技量も下だったら、峰打ちにすることができたかもしれない。

だが、相手は相当の腕前で、しかも五人もいた。

いかに武蔵とはいえ、適当にあしらうことなどできなかったのだ。

〝待てよ〟

武蔵はふと気が付いた。

妙な事に気が付いたのである。

あの男たちの一人が言い残した言葉だ。

黄金を目の前にして——あの男は確かにそう言った。最後に斬った男だ。

黄金を目の前にして——と言う以上、あの男たちは刀の秘密つまり太閤の埋蔵金のことを知っていたことになる。

だが、それではおかしい。

与兵衛は例の秘密を落城の際に秀頼公から直接聞いたと言った。

おそらくその場には他の人間はいなかった筈だ。いたとしても、それは大坂城の重臣で城と命運を共にした人たちであろう。

だとすれば、あの者共はどこで刀の秘密を聞き知ったのだろうか。

そこまで考えた時、突然あたりが騒がしくなった。

武蔵は小屋を飛び出た。

そこには一目で浪人とわかる男たちが数人やってきていた。

一行は武蔵を見て、目をみはった。

「これは失礼致した。豊臣家ゆかりの方でござろうか？」

一行の首領とみられる浪人が言った。

「貴殿らは？」

武蔵は尋ねた。

「我々もかつて豊臣家に仕えた者でござる」

「して、何をしにこの山中に参られた？」

「豊臣家再興の企てが、この山中でなされると聞き、急ぎはせ参じたのでござる」

武蔵にはすべての事の次第がようやく飲み込めてきた。そこで武蔵は言った。

「太閤遺金のことか？」

「おう、やはりござるのか？」

浪人たちの目が輝いた。

「おぬしら、その噂を誰に聞いたな？」

「………」

「巷ではよほど評判らしい。だが——」

と、武蔵は冷たい笑いを口辺に浮かべ、

「あきらめて帰るがいい。太閤遺金などというものはこの世にない。たとえ他の場所にあってもここにはない」

「そう言う、おぬしは一体何者だ？」

「おぬしらと同じ浪人だ。名は宮本武蔵」

「さては貴様、黄金を一人占めにする所存だな」

「馬鹿な」

武蔵は一笑にふした。

「——わしは今はっきりとわかった。太閤遺金が、少なくともここには絶対にないということがな」

「偽りを申すな」

浪人の首領が刀を抜いた。

他の者も一斉にそれにならった。

「無益なことはしたくない。もう一度だけ言う、帰れ。ここには黄金などない！」

武蔵は厳しい口調で言い渡した。

だが、それは逆効果だった。

「ええい、黙れ。一人占めはさせんぞ」

浪人たちは口々に叫び、武蔵に斬りかかってきた。

幸いなことにこの程度の連中なら、斬り殺さなくても充分にあしらえる。

武蔵は刀を抜き、峰を返した。

次々と打ちかかってくる男たちの右の二の腕を、武蔵は正確に狙い打った。

誰も武蔵の早業についていくことができない。

またたく間に七本の刀が川原に落ちた。峰打ちとはいえ、浪人たちは激しい苦痛に、或る者は膝をつき或る者は地面を転げ回った。

「見ての通りだ」

武蔵は誰もが戦う気力を無くしたのを見て言った。

「今のうちなら、命まで取ろうとは言わん。早々に立ち去るがよい。もし、まだ戦う気があるなら、今度は峰を返さずお相手しよう」

それだけで充分だった。

浪人たちは負け犬のように悲鳴をあげると、刀を拾い逃げ散った。

武蔵は苦笑して、刀を鞘に納めた。

武蔵は、今の浪人どもの出現で、いままでわからなかったことがすべて解けたように思った。

問題は、その推理の正しさをどうやって確かめるかだ。

「罠をかけるしかあるまい」

武蔵は呟くように言った。


その夜、武蔵は川原の石を枕に火の横で寝た。

大胆極まりない寝相であった。

全身を覆うものは何もなく、しかも火の明かり、その姿は遠くからもよく見える。

まるで襲って下さいと言わんばかりの格好である。

〝おそらく敵は一人だ〟

そう武蔵は読んでいた。

そう考えるのは確かな理由がある。

敵はおそらく弓矢か鉄砲で狙ってくるだろう。それが武蔵の読みだった。

しかし、弓矢はともかく鉄砲で狙われたらひとたまりもない。弓矢ならはずす自信はあるのだが。

深夜は何事もなく過ぎた。

〝もし敵が一流の武士なら、緊張がほぐれ睡魔が襲う夜明け前を狙う筈だ〟

武蔵はじっと時を待った。

そして予感は見事的中した。

まさに夜明け前、轟く銃声と共に鉛玉が一発武蔵の体にめり込んだ。

だが、そのあと一拍置いて、

「猪谷殿でしたな、宮本武蔵でござる」

その声と共に武蔵が小屋の中から出現した。

焚火のそばにあった〝武蔵〟は実は人形であった。

「お待ち下され。猪谷殿、あなたは思い違いをなされておる。まず話を聞いて頂けまいか」

武蔵は呼びかけた。

森の中から武蔵を狙撃した老武士は、不自由な足をひきずって山に逃げようとしていたが、武蔵の言葉を聞いて立ち止った。

「思い違いと申したか？」

「左様、思い違いでござる。拙者、猪谷殿に命を狙われる筋合はござらん」

「しかし、――」

「いや、拙者は藤川与兵衛とは何の係り合いもござらん。そのことをまず知って頂きたい」

武蔵は言った。

猪谷と名乗った老武士は疑い深げに、

「信じられぬ。そちは確かにあの男と連れだと申した」

「連れとは申しましたが、仲間とは申しておりませぬ。拙者、太閤の黄金などには一切興味がござらん」

と、武蔵は何故に与兵衛と道連れになったかを話した。

「口では何とでも言える。しかし、秀頼公の遺命とは、よくも申したものよ。呆れて物が言えぬ。そちも黄金の亡者であろう」

猪谷は敵意に満ちたまなざしで、そのように決めつけた。

「いいや、そうではござらぬ。その証拠に気付いたことが一つある」

「…………?」

「猪谷殿、太閤の遺金などどこにもない筈。拙者の推量にまちがいがなければ、黄金はここにはない。いや、どこにもないのではないか」

武蔵の言葉に猪谷は沈黙を守った。

「猪谷殿、話して下さらぬか。話して下さらぬのなら、代りに申し上げる」

と、武蔵は言葉を続けた。

「まったくの当て推量でござるが、あの与兵衛という男、とんだ食わせ者であったのであろう。おそらくは、あの男、あの名刀を秀頼公から渡されたのではなく、落城のどさくさにまぎれて盗み取ったに相違あるまい。そして、この時、おそらくは秀頼公に対して無礼のふるまいがあったのではないか」

はじめて猪谷の顔に変化があらわれた。

武蔵はますます確信を深めた。

「お手前は多分、秀頼公の御側近くに仕える方であろう。本来ならば城を枕に討死している筈だが、お手前はこの盗賊に罰を加えるため、或いは宝刀を取り戻すように秀頼公の本当の遺命を受けられ、城では死なずに脱出した――」

武蔵はそこで一息つくと、

「だが、誰が刀を盗んだのかよくわからず、しかも、どこに逃げたかもわからぬ。誠に雲をつかむような話だ。盗んだのが落武者ならば、当分、刀は出てくる見込みもなく、お手前は途方に暮れた。そして、考えに考えた末、ついに良策を思いついた。そうでござろう」

猪谷は沈黙を守っていた。

だが、その表情は武蔵の推理を肯定していた。

「その策とは、太閤の遺金がこの山にあり、その宝庫を開くにはあの宝刀が必要だという噂を流すことだった。実にうまく考えたものだ。この噂を当人が耳にすれば、絶対に刀を売り払ったりはしない。それを持ってとるものもとりあえず駆けつけてくることになる。お手前はその盗賊が来るのを手ぐすね引いて待っておればよかった」

武蔵は口には出さなかったが、猪谷の右足のことにも気が付いていた。おそらく城を脱出する際に受けた傷であろうが、不自由な足ではまともに敵と戦うことができない。その意味でもこの廃坑は最も適した場所だったのだ。

「御明察、恐れ入る」

猪谷は頭を下げた。

「藤川与兵衛は、やはり穴の底に落ちて死んだのですな？」

武蔵の問いに、猪谷は黙って頷いた。

脳裏にあの狐のような目付をした与兵衛の面影が浮かんですぐ消えた。

「さほどの悪人ともみえなかったが」

武蔵が呟くと、猪谷は大きく首を振り、

「あの男、こともあろうに秀頼公に斬りつけたのでござる。勿論、御命に別状はござらなんだが――」

かなりの傷は負ったのであろう。

そのことは猪谷の表情から読み取れた。

「しかし、主君の恥をすすぐためとはいえ、罪なことをなされた。これからもこの山中には黄金にとりつかれた亡者どもが押しかけますぞ」

武蔵はなじるように言った。

「その心配は御無用でござる。いずれこのすべての坑口を火薬で吹き飛ばし、後顧の憂いを断つ所存でござる」

「それは重畳。――ところでお手前は、これからどうなさるおつもりで？」

武蔵は問うた。

しかし、猪谷は答えず、黙って頭を下げると森の中に入っていった。

すべてが終れば、主君に殉じて腹を切るつもりなのだろう。

猪谷というのもおそらくは仮の名に違いない。

「名のある武将であろうに、惜しい」

武蔵は一言呟くと、一人山へ分け入っていく老武士の後ろ姿をいつまでも見送っていた。

賢者の復讐

慶長三年（一五九八）、春まだ浅い大和国金剛山への道を一人急ぐ武士があった。風采いやしからず堂々とした体躯は、大身の武士であると思われたが、不思議なことに一人の供も連れず徒歩《かち》で山道を急ぐ。

このあたりは都の近くでは有数の深い山である。まだ、ところどころに残雪があり、しびれるような冷たさが大地から伝わってくる。

山の中腹までは、どうにか続いていた道も頂上へ向うに従って細く険しくなっていく。

しばらく前からは岩場が続き、腰をかがめて一歩一歩登っていく他はない。しかし、この難所を過ぎれば、頂上はなだらかな土地が広がっている筈である。

その武士が背丈の三倍ほどもある大岩を越え、岩壁をくり抜いた祠の下へさしかかった時、頭上から野太い声がかかかった。

「どこへ行く、ここからは俗人は入ってはならぬ」

その声は祠の中の暗闇から響くように聞こえてきた。

武士は思わず腰の刀の柄に手をかけ柄袋を握りしめたが、やがて、思い直して両手をだらりと下げた。

「果心居士《かしんこじ》殿に会いたいのだ。取り次いでくれ」

武士は祠に向って呼びかけた。

答えはなかった。

「頼む。わしはさる高貴な御方の使いとして来たのだ」

「貴殿の名は？」

祠の声が尋ねた。

「前田徳善院様の家来で、矢切小十郎《やぎりこじゅうろう》と申す」

「大層な身分の方が、こんな山中に何用があって参られた」

祠の声は嘲るように言った。

矢切小十郎は近江国木之本の生まれである。

家は代々京極家に仕えていたが、祖父の代に浪人していた。だが、尾張の片隅から旭日の如く全国を征覇した豊臣秀吉の、腹心の一人徳善院前田玄以《まえだげんい》に随身してからは順調に出世の道を歩んでいた。

今は、太閤秀吉の密命を受けて、唯一人このような人里離れた山中に来ている。

「――用向きについては果心殿にお目にかかってから申しあげる」

小十郎は言った。

「それでは通せませぬな」

祠の声は冷たく言った。

「そちは一体、何者だ？」

小十郎は祠の方をにらんだ。

「果心居士の弟子、白童子と申す」

「白童子、何故通せぬと申すのだ？」

「知れたこと、師へ危害を加えんとする者を通す筈もございません」

「それは違う。わしは果心殿の仙術におすがりしたいと願っておるだけで」

「あなたではなく、あなたの御主人の思し召しでしょう。仰せに従えば、一国一城のあるじにでもして下さるということですかな」

「望むなら、黄金でも領地でも、何でもつかわそう」

「なるほど、太閤殿下もいよいよ死が恐くなったとみえる――」

図星をさされて小十郎の顔色が変った。

まさしく、その通りなのである。

今年六十二歳を迎えた天下人、日本国のあるじ太閤豊臣秀吉は、せまりくる死の影に脅えていた。

風雲に乗じて天下を統一、史上空前の巨城である大坂城を築き、余勢をかって朝鮮にまで出兵した秀吉にも、常人と同じように甘受せねばならぬことがあった。

老い――である。

若い頃から休む間もなく戦場を駆けめぐり数々の幸運にめぐまれて日本最高の権力者の地位に登りつめた秀吉だったが、成功者となった後の極端な女遊びがその身体を激しくむしばんでいた。

秀吉はその出自の卑しさを補うためか、高貴な女性に眼がなかった。最もお気に入りの女性は、元の主人・信長の姪の茶々（淀君）である。この他にも、大名の娘が何人も秀吉の妾とさせられている。

女遊びはあながち趣味ばかりとは決めつけられない。なぜなら秀吉には世継とすべき子供が生まれなかった。次々に女を替えても、どうしても子供ができなかった。子供が生まれなければ豊臣家も後一代で終るしかない。

ところが、茶々にだけは子供が生まれた。

それも二人もである。

初めの鶴松は死んだが、拾丸《おひろい》（後の秀頼）はすくすくと育っている。

秀吉は拾丸を溺愛し、一度は後継ぎに決めた甥の関白秀次《ひでつぐ》を殺した。それればかりでなく、秀次の妻妾から幼な子まで皆殺しにしたのである。

将来、拾丸の障害になることを恐れてのことだった。

秀吉は長寿を欲した。

できることなら永遠に生きたかった。

年若く美しい女がいる。その女との間に生まれた幼な子もいる。

だが、天下を取ったとはいえ、すべての武将が秀吉に心服したわけではない。

中でも関東の徳川家康は頭痛の種である。

拾丸が充分に成長せぬうちに、もし秀吉が死ぬようなことになれば、家康が天下を奪おうとするだろう。目の黒いうちは絶対にそんなことはさせないが、死んでしまってはどうしようもない。

そう思った時から、秀吉の摂生《せっせい》が始まった。

体にいいと言われることは何でも試してみた。大蒜《にんにく》、朝鮮人参などの薬草、鍼灸術《しんきゅう》、医術、加持祈祷、それに神仙術。元来、秀吉は神仏を頼ったり、仙術を信じたりするような男ではなかった。自分の運命は自分の力で切り開いてきたのである。

しかし、せまりくる死の影は秀吉から理性を奪い尽くした。

虎の肉が体にいいと聞くと、朝鮮で死闘を続けている前線の兵に虎退治をして塩漬けの肉を送れと命じた。

そのため大坂城内の蔵は塩漬けの虎肉で満ちみちた。秀吉以外は内心ではすべて反対していると言ってもいい朝鮮侵略も、本当は虎の肉を得るためではないか――そんな噂さえ巷に流れる始末だった。

豊臣家は、秀次殺しの残虐や朝鮮侵略の無謀から、急速に天下の信を失いつつあった。

秀吉としては死ねないところである。

だが、急速に衰える秀吉に比べて、家康は相変らず壮健である。家康には何人もの成人した息子たちもいる。

秀吉はあせった。

あせりの中で、ふと思い出したのが果心居士のことであった。

果心居士は正体不明の謎の修験者《しゅげんじゃ》である。

いや仙人といった方がいいかもしれない。

怪し気な術を使い、天地を覆えし死霊を呼び戻す――その法力の凄さは今も語り草である。

果心は年齢もわからない。

世に現われたのは織田信長の全盛期だった。

秀吉は果心を自分の眼で見たことがある。

ある日、果心は地獄の様子を詳しく描いた見事な屏風を持って、信長のもとにやってきた。目は糸を引いたように細く、鉤鼻で、髪はぼうぼうにのばし、粗末な白い衣をまとっていた。

果心は屏風を信長に売った。値は金百両である。

ところが、絵を買い取った信長があらためて見ると、その地獄図は以前ほど精彩がないように思えた。

不思議に思った信長の問いに、果心は、

「百両で買って頂いたので、百両分の値打ちしか出ておりませぬ」

と答えたのである。

古今無双の傑作を求めたいなら、それに応じて千両を投ぜよというのである。

さすがの信長も腹を立て、果心を打ち首にしようとしたが、果心は奇怪な術でこれを逃れ何処ともなく姿をくらました。

果心は当時飛ぶ鳥を落す勢いだった信長をからかいにやってきたというわけだ。

また、松永弾正《まつながだんじょう》という男がいた。

主君の三好某を殺し、将軍足利義輝《よしてる》を殺し、奈良の大仏殿を焼討した古今未曾有の大悪人である。

この男も果心の幻術に手玉に取られた。

恐いものは無いとうそぶく弾正に対して、果心はその先妻の亡霊を出して見せ震えあがらせた。

戦国の世を代表する大悪人松永弾正すら、果心に手玉にとられたのである。

問題は果心の年齢である。

百歳とも二百歳とも言われた。

深山幽谷で修行を重ねた結果、神仙の境地に達し、不老不死の秘法をきわめたとされている。

秀吉はそれが欲しかった。

十年前の秀吉なら、決してそんな噂を信じたりはしなかっただろう。

だが、今は違う。

少しでも長く生きたい、石にかじりついてでも寿命を伸ばしたい。

その思いがついに決心させた。

秀吉は三日前に元京都奉行の前田玄以を呼んだ。玄以は徳善院ともいい天台宗を学んだ僧でもある。秀吉は玄以の諫止《かんし》を押し切って、果心居士を探し出し不老長寿の秘法を手に入れるように命じたのである。

玄以は馬鹿馬鹿しいと思いながらも、家臣の矢切小十郎に探索を命じた。

小十郎は武勇に秀でているばかりでなく、学問も智恵もある。こうした任務には適任である。

小十郎はただちに果心居士の居所を探り出し、こうして大和国金剛山までやってきたのである。

「どうした御使者殿、御気分が優れぬようだが?」

祠の白童子はからかうような口調で小十郎に言った。

小十郎は内心の動揺を見透かされまいと、唇を噛みしめた後にゆっくりと口を開いた。

「果心殿に会わせてはくれぬのか?」

白童子はかすれた声で笑った。

「そのような下らぬ用事で師に会わせるわけには参らぬ。お引き取り願おう」

小十郎はゆっくりと首を振った。

「どうしても果心殿に会いたい」

「押し通ると申されるのか？」

白童子は言った。

「事と次第によってはな」

小十郎は柄袋をはずして、太刀の柄に手をかけた。

「無駄でござる。ここから先は結界。俗人は通ることはできぬ」

小十郎は白童子の声を無視して、一歩前に出た。その途端、右手にある茂みの陰から大きな虎が飛び出し前に立ちふさがった。

「その虎に勝てますかな、御使者殿？」

白童子の声が言った。

小十郎は太刀を抜き放つと、果敢に虎に斬りかかった。

ところが真っ向うから一太刀浴びせると、虎の姿は消え、刀を引くと姿を再び現わした。

「おのれ、妖怪」

小十郎は戦場で鍛えた腕に物を言わせて、縦横無尽に斬りまくった。しかし、その虎に毛筋ほどの傷を負わせることもできなかった。

そのうち小十郎は激しいめまいに襲われた。

虎は小十郎の太刀筋を避けるだけで、一向に飛びかかってくる様子はない。

「しまった、幻戯《めくらまし》か——」

声に出して言った時はもう遅かった。

小十郎は全身をくるくると回転させながら、ばったりと岩の上に倒れた。

小十郎が完全に気を喪《うしな》うと、祠のある岩の上から一人の男が飛び降りた。

山伏の衣をまとった若い男である。

「ふん、大した腕ではないな」

男は白童子だった。

師の果心居士から習った暗示の術を使ってみたのである。実際には虎はいなかった。

小十郎は彼の暗示によって、虎の幻を見せられ一人芝居のあげくに倒れたのである。

白童子は膝をついて、大地に俯せになっている小十郎の顔をのぞき込んだ。そして、意識が戻る気配が無いのを確かめると、ふところから短刀を取り出し鞘をはらった。

逆手に刃を持ち、小十郎の息の根を止めようとした瞬間、背後から威圧に満ちた重々しい声が響いた。

「待てい」

白童子はびくりとして動作を中断した。振り返るまでもない、声の主は師の果心居士である。

白童子はかまわず一旦は止めた刃を振り下ろそうとした。

だが、刃が小十郎の喉首に達する前に、白童子は果心の杖でしたたかに肩を打たれた。

「何をなさいます」

白童子は短刀をとり落し、苦痛に肩を押さえながら言った。

果心居士はゆっくりと弟子のところに歩みよると、岩の上に落ちた杖を拾って、

「何故、この男を殺す？」

と尋ねた。

「知れたこと、この男は仇敵《かたき》です」

白童子は憤然として答えた。

「仇敵ではあるまい」

果心は真面目な顔で言った。

白童子がいぶかしげな表情になると、果心は笑って、

「真の仇敵は秀吉であろう。この男は小物に過ぎぬ」

と言った。

白童子は不満顔である。

果心の弟子となる前の白童子は、若狭国小浜城主武田元明《たけだもとあき》の重臣の子であった。

元明は織田家と敵対していて、本能寺の変で信長が討たれた際、明智光秀に味方して近江佐和山城を攻めた。

この行為が結局身を滅ぼした。

光秀に勝った秀吉は、元明に切腹を命じ、元明の妻を奪って側室とした。

この事件で室町以来の名家若狭武田氏も滅亡したのである。

白童子の父も悲憤のあまり死んだ。

秀吉は戦国英雄の中では滅多に人を殺さないことで有名だったが、それでも弱者や何の利用価値もない者は、かなり殺している。

白童子が神仙の道を極めようとしたのも、いま絶対的な権力の座にある秀吉に何とかして一矢報いたいとの思いからである。

「果心様、それでは一体どうするとおっしゃるのです。この男をこのまま帰すのでしょうか？」

白童子は訴えるように言った。

「まあ待て、わしに考えがある」

微笑を含みながら果心が言った。

「――太閤め、思い上がりが過ぎるようじゃ。一泡吹かせるのも面白かろう」

「秀吉めに――でございますか？」

白童子は信じられない面持ちである。

「わしに考えがある」

くっくっと果心は声を出して笑った。

よほど面白いことを考えたに違いない。

「しかし、果心様、そのようなことができましょうか？」

白童子は言った。

師の術の恐ろしさはよく知っているつもりだったが、日本最大の軍団を持ち大勢の護衛に囲まれている秀吉にどうやって一泡吹かせるというのか。

「餌を作ればよいではないか、太閤という大魚を釣る餌をな」

果心はそう言って倒れている小十郎の方をのぞき込んだ。

小十郎は長い眠りから覚めた。

後頭部に鈍い痛みがある。

うすぼんやりとした視界の中に、次第にくっきりと男の顔が浮かび上がった。

髪もひげも白く長く、眼光は射るような鋭さがある。

果心居士に違いない——そう直感した小十郎ははね起きて平伏の礼をとった。

「果心居士様でございますか？」

男は頷いた。

「わしの弟子が御迷惑をかけたようじゃな。済まぬことをした。いたずら者で困っておるのじゃ」

小さな堂の中のようであった。

果心は奥に祭ってある修験道の開祖役行者《えんのぎょうじゃ》の像を背にして、板敷に大きくあぐらをかいていた。

いまあらためて見ると相当な老人である。

白髪としわの深さが暗い中でもよく見てとれた。

「御丁寧な御言葉、痛み入ります。こちらこそ御無礼致しました。どうかお許し下さいますよう」

小十郎は頭を下げて言った。

「いやいや、お手をお上げ下され。弟子の不行跡は師たるわしの不徳の致すところじゃ」

果心は機嫌がよさそうだった。気難しい人物との先入観を抱いていた小十郎にとって、これは嬉しい誤算だった。

「申し遅れましたが、拙者、前田徳善院が家来にて矢切小十郎と申します。実は、さる高貴な御方の思し召しにより、こうして参上つかまつりました」

「ほう、さる高貴な御方とな。して、御使者の趣きは？」

果心は空とぼけて尋ねた。

小十郎は大きく息を吸い込むと、

「果心様、果心様はもしや、不老長寿の秘法を御存知ではございますまいか――もし御存知ならば、ぜひ御教示願いたく、伏してお頼み申し上げる次第でございます」

それを聞くと果心はすぐには答えず、黙って天井を見上げた。

小十郎は果心の顔を注視した。

ややあって、果心は小十郎を見ると、

「矢切殿、その高貴な御方とは太閤殿下のことであろう?」

「………」

小十郎は一瞬沈黙した。

「隠さずともよい。前田殿の御家来がこのようなところまで来られるというのだ。あとは三歳の童子にでもわかることだ」

「御明察恐れ入ります」

小十郎は頭を下げた。

「で、殿下は何故そのようなものを求められるのだ」

「と申しますと?」

「この世に生を享けた以上、死ぬのが当然。それが自然の理じゃ。位人臣《くらいじんしん》を極め、この世の栄華の限りを尽くされた太閤殿下が、何故自然に逆らって長寿を保たれようとされる」

「これは果心殿の御言葉とも思えませぬ。人たるもの、たとえ一日でもよいから生きながらえたいというのが自然ではございませぬか?」

小十郎が反論した。

「だが、矢切殿。太閤殿下も人の子。高貴な御身分とは申せ、わしやそなたと同様人の子じゃ。人の子は死ぬのが当然。殿下といえども例外ではない。——不老の秘法は教えるわけには参らぬ」

果心の言葉は逆に小十郎に希望を与えた。

「果心様。それでは不老不死の秘法を御存知なのでございますね？」

小十郎はたたみかけた。

「ぜひ、ぜひともお教え下さい。殿下が長寿を望まれるのは私欲ではございませぬ」

「ほう、では何んだと申されるのだ？」

「天下国家のためでございます」

小十郎は大真面目に言った。

「ほう、天下国家のためとは？」

果心は内心苦笑しながらも、大げさに驚いたふりをした。

小十郎はそれを見て一膝進めると、

「左様でございます。太閤殿下は戦乱の世を見事に平定され、天下に安穏をもたらされました。しかし、まだまだ天下は固まってはおりませぬ。いや固まってはおりますが、太閤殿下がこの上さらに御長寿を保たれますならば、一層天下は治まり万民の幸せにつながるのでございます」

「なるほど――」

色々と理屈はつくものだと、果心は感心していた。

本当は、秀吉が自分の栄華をより長く楽しみたいというだけの話だろう。あるいは幼い自分の後継ぎが立派に成長するまでは生きていたいとの親心もあるのかもしれない。もっとも拾丸はまだ五歳の幼児であり、秀吉が倒れれば天下はすぐに戦乱の巷になるという恐れはあるのだが。

「もし、天下を安穏にされたいとのお考えがあるならば、朝鮮征伐などお止めになることだ」

果心が皮肉を言うと、小十郎は顔を伏せた。

朝鮮攻略については秀吉以外すべてが反対しているといっていい。

しかし、誰もそれを止めることはできなかった。

いまの日本で秀吉にそれだけのことを言える人間は誰もいないのである。

「果心様、ぜひとも不老不死の秘法をお教え下さい」

小十郎はそう言ってひたすらに頭を下げた。

「不死の法はない」

果心は冷たく言い放ったあと、やや表情をやわらげて、

「それは人間には許されておらぬのだ。だが、不老の法は無いこともない」

「ございますか？」

救われたように小十郎が言った。

「――仙薬がある。役行者の秘薬がな。これを用いれば老人たちまち青年となり、もう一度若者として生きることができる」

重々しく果心が言うと、小十郎はすがりつくように、

「果心様、それをぜひお分け下さい。どのようなごほうびも望みのままですぞ」

「望み次第か――」

と果心は下卑た笑いを浮かべ顎をしゃくった。

「領地はいらぬ、扶持米《ふちまい》も面倒じゃ。黄金《かね》じゃな、黄金が一番じゃ」

小十郎は初めて精神的に優位に立った。

金で済むなら事はたやすい。

「いかほど望まれます？」

「そうさな、――大判十枚でいかがだ？」

存外望みが小さい――小十郎は秘かに嘲った。天下の主太閤殿下に望むには、あま

りにも少ない金額である。

それは謙遜から出たものではなく、田舎修験者の量見の狭さから出たものだと、小十郎は決めつけていた。

いずれにせよ、任務はほぼ達成されたと見てよい。

あとは仙薬とやらの効き目を確認するだけである。

しかし、そんなものが本当にこの世にあるのだろうか——小十郎にはまだかなりの懸念が残っていた。

「果心殿、その仙薬は何処に?」

小十郎は尋ねた。

「この山の奥の院に置いてある。御案内致そう」

果心は立ち上がって堂の外へ出た。

小十郎も後に続いた。

果心は細い渓流沿いの道を、山の奥へ向って進んだ。

進むにつれて木々が立ちはだかり、日の光もさえぎられる。だが、果心の進むところわずかに踏みしめられた道があり、不思議に奥へ入って行けるのである。

およそ半刻も登っただろうか、突然林がひらけて、小さな台地のような所へ出た。

その中央に人の背丈ほどの祠がある。

祠の背後には妖怪でも棲んでいそうな小さな沼があり、緑色に変色した水をたたえている。

「ここが奥の院じゃ」

と果心は祠の前に立ち、うやうやしく一礼した。小十郎もそれに倣った。

果心は祠の扉を開け、中から由緒あり気な三彩の壺を取り出した。

そして、壺の中から翡翠《ひすい》で作られた小さな小瓶を取り出した。

「これじゃ、矢切殿。老人を若者に戻し、人に定命《じようみよう》の倍の命を与える長寿丹――役行者直伝の秘薬じゃ」

ごくりと生つばを飲み込んだ小十郎が、その瓶に手を伸ばすと、果心は、

「待たれよ、矢切殿。まず、この薬の効き目を確かめてから戻られては如何？」

と言った。

「そうできますならば」

小十郎は答えた。

果心は瓶を祠の前に置いて両手を口にあて、鳥の鳴き声のような鋭い奇声を放った。

かなりたって、林の陰から老人が一人あらわれた。

その老人は果心よりも年上に見えた。

腰がまがり杖をつき、今にも倒れそうな足取りで果心の前まで来ると膝をついた。

「お召しにより参じました」

「御苦労――」

果心はうなずくと小十郎の方を見て、

「矢切殿。この老人はカイモリと申し、今年で八十八歳になります」

と紹介した。

小十郎はあらためてその老人を観察した。

ただ生きているだけという印象がある。腰がふらついており、いまも肩で息をしているように見えた。あるいは病い持ちなのかもしれない。

「この老人に薬を飲ませます、よく御覧になりますように」

果心はそう言って、薬の瓶を取り上げると、老人に薬の効能を説明した。

老人はべつに嬉しそうでもなく、黙って無表情で説明を聞いている。

「これを、そちに飲んでもらいたいのだ」

果心は言った。

「仰せとあらば」

老人は頭を下げた。

そこで果心は瓶のふたをはずすと、老人の背後にまわり介添えして薬を老人の喉に流し込んだ。

小十郎の見たところ、それはドロドロとした緑色の液体のようであった。

しばらくは何事もなかった。

だが、突然老人は喉をかきむしって苦しみ始めた。

小十郎は驚いて果心を問い詰めたが、果心はそれを無視してカイモリに向って言った。

「体が焼けつくように熱いのであろう。沼で冷やすがよい」

それを聞くと老人は先程のよぼよぼしたのとは比較にならない素早い動作で、祠の裏の沼に走った。そして、沼に足を踏み入れて前へ前へと進んだ。そのため、老人の体は徐々に水に没してゆき、ついにはまったく見えなくなった。

「果心様、これは一体？」

小十郎はたまりかねて言った。

「薬を飲むと焼けつくように体が痛むのでござる。しばらく黙って見ておられるがよい」

果心は振り返らず沼の水面を見つめていた。

やがて水の中から再び男が姿を現わした。

小十郎は我が目を疑った。

それはもはや老人ではなかった。

髪は黒々と美しく、顔には一本のしわもない、腰はまっすぐと伸び、足の運びも若々しい。

だが服装はあの老人のものである。

顔もまさしくあの老人のものである。

「信じられませぬ」

と小十郎はその男が目の前に歩いてきてもなお首を何度も振った。

どうしても、あの男が若返ったとしか見えない。どう見ても二十そこそこの若者である。

〝沼の中で男が入れ替ったのではないか〟

一応そうも疑ってみた。

だが、沼といっても水たまりのようなもので深いことは深いが、広さは一丈（三メートル）四方である。

とても二人の男が隠れることはできない。

第一、老人が来るまで沼に入ったものは誰もいないのである。そんなに長く潜っていられる筈もない。

となれば答えは一つ、老人が仙薬の力で若返ったのだ。

「果心様の御力、ようわかりました」

小十郎は感嘆の表情を露わにすると、早速仙薬を分けてくれるように頼んだ。

意外にも果心は首を振った。

「この薬、直接太閤殿下にさし上げたい。お目にかかった上で色々と申し上げたいこともある」

「それはなりませぬ」

小十郎は言った。

果心を直接秀吉に会わせたら、どんな無礼なことを言い出すかわからない。

「それならば薬はやれぬな」

果心は凄みのある微笑を浮かべた。

「この薬、天下広しと言えども、ここにしかないのじゃ。もし、太閤様がお望みなら、わしの願いを聞き届ける他はあるまい」

果心の申し出を小十郎は受け入れざるを得なかった。

太閤秀吉は結局、果心居士を隠居所である伏見城へ呼び引見することになった。

このことについては賛否両論があった。

果心という男が信用できないというのが反対論者の主張である。確かに得体の知れない男を城内に入れることは危険である。

しかし、何ほどのことがある。もし無礼や粗暴のふるまいがあれば、ただちに討取ってしまえばよいではないか。

それが賛成論者である。

何よりも当の秀吉がそれを主張した。

彼にとってその仙薬はどうしても手に入れたいものになっていた。

今年に入ってから、どうも体の調子がすぐれないのである。

小十郎の話では、果心は何かを狙っている。

直接、秀吉に会わなければ薬を渡さぬというのは何か魂胆があるに決まっている。

秀吉は果心を引見する大広間の囲りを幾重にも警護の武士で固めた。鉄砲、弓、槍も用意した。もし果心が仙薬を渡すことを拒めば力ずくでも奪い取る算段ができていた。

もし何か無礼のふるまいがあれば、むしろ幸いかもしれない。薬だけ奪って討ち取ってしまえばいいのである。

〝たかが修験者、この秀吉に指一本触れさせぬ〟

秀吉は久し振りに生気が体に甦ってくる感触を楽しんでいた。

このところ病い続きでやせ細っているが、若い頃、鍛え抜いた赤銅色の肉体はまだまだ使える。

秀吉は伏見城の黄金ずくめの大広間で、贅を尽くした庭を眺めながら果心を待った。

庭は秀吉の好みで山水形式を取り入れ、自然の趣きを生かした広大なものである。

やがて、果心が到着した。

〝老いている〟

それが秀吉の果心への第一印象だった。

髪もひげも白い、しわも深い。

以前見た時より、はるかに衰えている。

〝こんな男が果して不老の薬を持っているのか？〟

小十郎の報告を信じながらも、秀吉はふと不安になった。

「ややあ、そちが果心居士か。余は前にそちを見たことがある。信長公の御前じゃった」

秀吉は不安を振り払うように広間の中央に端然として座っている果心に声をかけた。

「恐れ入ります」

果心は何も語らなかった。

そして、一通りの挨拶が終ると、例の薬瓶を三方に載せて献上した。

「これか——」

秀吉の声はさすがに震えていた。

この翡翠の瓶の中にこれからの希望が詰っているのだ。

「何か申したいことがあるのであろう。申すがよい」

秀吉は権力者の余裕を示した。

「何もございませぬ」

果心は首を振った。

果心の口からどのような権道《けんどう》批判が飛び出すかと緊張していた一同は呆気にとられた。

秀吉も思いは同じである。

「よいのか？」

秀吉は念を押した。

果心が頷いたので、秀吉は早速毒見役を呼びつけた。毒殺を防ぐためにはすべての食物や薬を毒見させる必要がある。

「お待ち下さい」

果心が叫んだのはその時である。

「何じゃ、果心？」

秀吉は訊いた。

「その薬は一人分しかございませぬ。毒見させれば殿下の分が無くなりますぞ」

果心の言葉に秀吉は顔色を変えた。

脇に控えている家臣たちにも一様に驚きの表情が浮かんだ。

「果心、ほんのわずかを飲ませるだけじゃ、それならさしつかえなかろう」

気を取り直して秀吉が言った。

「なりませぬ」

と果心は冷たく言った。

「一滴でも量を減らせば薬の効き目はなくなります。殿下お一人で飲んでいただく他はございませぬ」

秀吉は暗澹たる思いで薬瓶を見た。

毒見ができないということは、秀吉にとって、この薬を飲むことはできないということなのだ。権力者秀吉の死を狙う人間はあちこちにいる。万一、これが毒だったら……。

「果心、他にもう一人分作るわけにはいかんのか？」

いらいらした口調で秀吉が言った。

「できませぬ。これは三千年に一度咲く優曇華《うどんげ》の花を使いまする。あと三千年待って頂かねば、新しい薬はできませぬ。ここはどうでも、殿下一人に飲んでいただかなくては」

果心は無表情で言った。

家臣の一人がたまりかねて、

「殿下、なりませんぞ。そのような怪しげな薬を用いてはなりません。この男、殿下の毒殺をたくらんでこのようなことを申しているのに違いござらん」

「これは心外。薬の効き目については、ここにおられる矢切殿がしかと確かめられた筈――」

果心はふてぶてしく言い放った。

全員の視線が下座にいる矢切に注がれた。

「どうなのだ、小十郎？」

秀吉もたまりかねて言った。

「はあ――」

小十郎は絶句した。

確かにこの目で薬の効き目は見ていた。

だが、いま秀吉が持っている薬がその仙薬だという保証はどこにもないのである。

秀吉は恐ろしいジレンマに襲われていた。

自分は若返りという最大の吉運に恵まれているのか、死の危険に直面しているのか、まったく判断がつかないのである。

秀吉は食いいるような目で薬瓶をみつめている。

夢のような青春が再び甦るかもしれないのだ。それも富と名誉と地位と、すべてを伴った青春である。しかし――。

秀吉はついに決断を下した。

「飲まぬ」

そう言い放つと、秀吉は瓶を畳の上にほうり投げた。

果心は立ち上がって、素早く薬瓶を拾うと、

「勿体ないことをなさる。――人を信じられぬとはつらいものですな」

と皮肉たっぷりに浴びせた。

「御覧に入れよう。この薬、効くか効かぬか」

果心はそう言うと、栓を抜いて中の液体を一気に喉に流し込んだ。

一同は固唾を飲んで果心を見守った。

やがて果心は苦しみ出した。

何故苦しがるのか、小十郎の報告は既に全員の知識となっていた。

「これはたまらぬ。お庭の池を拝借」

果心はそう言って広間の外へ駆け出すと、庭へ下り池に飛び込んだ。

果心はしばらく俯せになったまま池に浮いていた。そうするうちに体の熱が収まったのか、立ち上がって池から出てきた。

その姿を見た一同は目を見張った。

老いた果心はもはやそこにいなかった。

全身から水をしたたらせた果心は、先程とはうって変って、髪もひげも黒々として

おり足の運びは機敏となり、何よりも顔に深くきざまれたしわが一本残らず消え失せていた。

〝しまった、しまった。飲んでおけばよかった――〟

秀吉はその姿を見て茫然自失した。

後悔の念が後から押し寄せてくる。

「――殿下、薬はもうありませぬが、特に長寿を保つ秘訣を御伝授致しましょう」

水をしたたらせたまま果心が言った。

「何だ、それは？」

へなへなと腰がくだけた秀吉は力の無い声で言った。

「女遊びは止め、戦さを止め、ぜいたくを止めること、これこそ長寿の秘訣でござる」

にやりと笑って果心は言った。

「それでよく無事に戻られましたな」

と白童子が果心に言った。

「わしを討ち取れと秀吉は命じた。しかし、ちょっとした幻戯でな。家来どもも馬鹿揃いよ」

果心は楽しそうに言った。

町の噂では、果心は広間にあった屏風に描かれていた舟を広間に呼び出し、その舟に乗って屏風の中の湖に逃げたということになっていた。

実際は得意とする催眠の術を使ったのである。

「それにしても、これで仇を討ったことになるのでしょうか？」

白童子は不満そうに言った。

果心は頷くと、

「これから、あやつめは死ぬまで後悔することになる。何故あの時、薬を飲まなかったのだろう――となる。何度も何度も、己の失敗を悔むことになるであろう。それこそ最大の苦しみじゃ。欲が深いからのう、秀吉という男は」

「失敗ではありませぬのにな」

白童子が珍しくも同情したような声で言った。

「若返りの薬などあるわけがない。それは人間の分を越えたことだ」

果心は静かに言った。

そう、若返りの薬などない。

白童子も果心も絵具で髪やひげを染め、顔にしわを描き、それを飛び込んだ水の中で洗い落しただけなのである。

「人間などたわいのないものだ。白童子よ、そちはそれを知った、それだけでも狂言の甲斐はあったというものだ」

果心はそう言って微笑した。

＊　　＊

その年の夏、太閤豊臣秀吉は六十二歳の生涯を伏見城で終った。最後まで秀頼のことを気にかけ、現世への執着をすさまじいばかりに見せつけた死に様であったという。

果心の薬のことを気にかけていたかどうかは記録に残っていない。

剣鬼過《あやま》たず

一

肥後国《ひごのくに》細川藩家老長岡式部《しきぶ》少輔《しょうゆう》の邸で、連歌の会が催されたのは、寛永十八年正月のことである。

当日は熊本城下の邸に藩中でも指折りの名士が参集した。式部少輔長岡寄之《よりゆき》は、文雅にたけた大名として知られる細川忠興《ほそかわただおき》の六男として生まれ、家老の家の養子となった。養父は長岡佐渡守興長《おきなが》、八代城を預かる細川家の重臣である。

その日、長岡家の座敷には二十人ばかりの客がいた。細川藩士もいれば遠来の客もいる。

特に名誉とすべきは藩主忠利《ただとし》公の世子光貞（のち光尚と改む）がいることだった。若殿は今年十六歳、細川家の後嗣らしく聡明で秀麗な容姿を持っている。

冬にしては珍しく暖かな午後であった。

連歌の進み具合も誠に調子よく、人々はくつろいだ時を過ごした。

若殿の存在が、一座を華やかなものにしていたのかもしれない。

人々には実は不安がある。

このところ藩主忠利公の体調がおもわしくないのである。

「宗立《そうりゅう》様がかくしゃくとしておられるのに、何ということだ」

大きな声では言えぬが、藩士の胸中にはその想いがある。

宗立様とは戦国の世を生き抜き藩の礎を築いた細川忠興の出家後の号である。正しくは三斎宗立というのだが、父である三斎が八十にならんとする今も健在であるのに、その息子の忠利が五十七の壮齢で病がちな身であるとは、主家の安泰を願う忠臣たちにとって何とも皮肉なことだった。

しかし、それも若殿の誇らしいまでの若さが救っていた。この年で明君の素質ありと、世間でも評判の若殿である。忠利公の時代が間もなく終わるとしても、希望は目の前に聡明な若者として存在していた。

細川家は武勇だけではない文雅の家柄である。忠利の祖父にあたる細川幽斎は和歌の名人でもあり、その秘伝を伝える学者でもあった。もちろん武将としての手腕も並ではない。わずか数百の手勢で数千の大軍を相手に戦い、城を守り通したこともある。その子忠興も数々の武勲をたて、孫の忠利も島原の乱の平定に功をあげている。

忠利は武を愛し風流を解する当代一流の大名だった。その子光貞もまぎれもなくその血を受け継いでいる。

それが藩士の救いであった。

いかな名家といえども、子孫が絶えれば断絶し、暗君が出れば衰亡する。

細川家にはその心配は無さそうであった。

上座に就いている若殿相手に、家老長岡寄之は丁寧な口調で受け答えをしていた。

血のつながった叔父と甥にあたるわけだが、今は主従である。主従の礼を尽くすのが武士の本分であった。

連歌の会はとどこおりなく終わり、あとは酒になった。

実を言えば連歌は添え物で、客の楽しみは酒を飲んでのよもやま話である。

気のおけない仲間として風雅の友として、兵を語り武を語り歌を語る。細川家の家風も質実剛健を旨とはするが、このような無礼講はむしろ奨励していた。武人としてのたしなみを身につけるのに、これほど好適な場はないからである。

座敷のあちこちで酒がくみかわされ、笑い声が聞こえる中、突如として平穏が破られた。

「御免《ごめん》」

鋭く低い声で叫ぶや、すっくと立ち上がり、座敷の真ん中へ出た男がいる。

一同は何事かとその男へ視線を集中させた。

男の名は阿部弥四郎《あべやしろう》といい、江戸の柳生道場で修業した兵法者だった。

もともと阿部家は細川家に仕える家臣の中でも有力な家柄である。弥四郎は現当主の四男で、早くから家を出て江戸で剣術修業をしていた。本来ならば四男坊は部屋住みの身で、充分な奉公の機会も与えられないまま一生を終わるのが通例だが、弥四郎は兵法者として一家をなしたために扱いが他とは違っていた。また柳生流というのも本人に幸いした。柳生流はいまや将軍家指南役であり、藩主の忠利も同門なのである。

忠利も弥四郎を藩士の子としてではなく、同門の剣友として扱っていた。

自然、他の藩士の弥四郎を見る目も違ってくる。

現に今日の歌会に招かれたのも、藩内での弥四郎の地位を象徴すると言ってもよい。

その弥四郎が座敷の中央におどり出た。

一同は何事かと注目した。

「失礼つかまつります。この弥四郎、若殿の御前にて一さし槍の舞いをお見せしとう存じます」

一言断わると、弥四郎の手は座敷の長押《なげし》にかけてある大槍にのびた。

「控えい、弥四郎、若殿の御前で無礼であるぞ」

寄之の制止も振り切り、弥四郎は槍の鞘をはらって右手に持ち、そのまま上を見上げ天井の一点を凝視した。

若君の面前で刃物を抜く無礼をたしなめようとした寄之も、そのあまりに奇妙な動作にしばし沈黙した。

弥四郎は数瞬ののち槍を両手に持ち、気合すさまじく天井板の一箇所を貫いた。

一同が驚愕したのは天井が貫かれたことではない。それに応じて苦痛のうめきが聞こえてきたことである。

それと同時に槍の柄を伝って赤い血が流れてきた。

「曲者か！」

寄之が叫んだ。

弥四郎はそれに答えず、槍を一旦引き抜き、逆さにもちかえ石突《いしづき》の部分で天井板を割った。

大きな音と共に曲者の体が畳の上に落ちた。顔を覆面でおおっている。弥四郎は槍を置くと、床から短筒を拾い上げ寄之に差し出した。

「これは――」

寄之は思わず絶句した。

火縄にはまだ点火されていないが、まぎれもなく本物の銃である。

「御無礼致しました。おそらくは若君の御命を狙う曲者かと存じます」

「よくぞやった。見事である」

それまで黙っていた若殿が感銘の声をあげた。

「その者の面体《めんてい》を改めよ」

寄之が命じた。

覆面をはがした一同は驚いた。

その曲者は家臣の稲垣主馬《いながきしゅめ》だったからだ。

稲垣は御書院番を務めている。父の急死によって稲垣家当主となったが、若年者にもかかわらず優れた手腕を発揮し、家中の評判もなかなかよかった。年齢は弥四郎と同じである。

稲垣が何故このような大それたことをしなければならないのか。

しかし、それを確かめる手段はもはやなかった。

稲垣は胸板を弥四郎の槍で貫かれ既に息絶えていたからである。

稲垣に対する不審よりも、一同は屋根裏にひそんでいたのを見破った弥四郎の眼力に言葉を費やした。

実のところ弥四郎がこれほどの腕とは、思いもよらなかったのである。

ひとしきり弥四郎に対する賞賛が続いたあと、来客の一人がふと先程から沈黙を守り続けている老武士の存在に気が付いた。

無礼であるのはわかっていた。しかし、その客は疑問を老武士にぶつけるという誘惑を抑えかねた。

何度もためらった後、客はついにそれを口に出した。

「ところで武蔵殿――」

と言った時、一同はそれに気付き視線を集中させた。

「武蔵殿は曲者に気付いておられたのか」

客は座敷の片隅に静かに座っている武蔵にぶしつけにもそう訊いたのである。

二

宮本武蔵玄信《げんしん》、号は二天、およそ剣術を志す者の中でこの名を知らぬ者はいない。

六十余度に及ぶ果たし合いを行ない、一度も敗れるということを知らない不敗の剣豪、天下一の名人と称せられる老人である。

武蔵はこれまで一度も大名に仕えたことはなかった。己の兵法に対する誇りがそうさせたと言ってよい。将軍家では指南役でなければ嫌だといい、尾張大納言家では禄高が不満だった。ようやく老いを感じ始めた五十七歳になって、この熊本にやってきたのは武芸を愛する忠利に招かれたためである。といっても家来になったのではない。身分は客分であり、禄は三百俵十七人扶持と少ないが、大番頭格として礼遇されている。この格式は千石取りにも値するのである。

剣の達人として藩主のお気に入りとして、いまや武蔵は熊本の名士であった。

背は高く筋骨隆々として膚は浅黒い。

髪は白くなり、まげを結わずに後ろへ流している。頬はこけ眉太く眼光は鋭い。そのひとにらみで鳥を射落とすと噂された凄まじい光である。

客の一人が放った無礼な質問の矢にも、武蔵は平然としていた。

いや平然としているように見えた。

一同はかたずを飲んで武蔵を見守った。

ぶしつけな質問をたしなめる者もあったが、それより注目すべきは武蔵の態度であった。

少し前にこういうことがあった。

城中で行なわれた謡《うたい》の席で、志水某という粗忽者《そこつもの》が武蔵に問うたのである。先年、佐々木小次郎との決闘のおり、武蔵殿も小次郎に一太刀打たれたという風聞があるが真《まこと》か、というのである。

この質問は武蔵の兵法者としての誇りをいたく傷付けた。武蔵はその鋭い眼光で志水某を睨みつけると、手近の燭台を取りつきつけた。

「手前、幼少の砌《みぎり》、腫物《はれもの》を患い総髪にしております」

と、まず断わって髪を掻き上げ、決して傷を隠すための総髪ではないことを暗に示した。

その上で武蔵は、

「もし打たれたなら、必ず傷がある筈。御自身で確かめられよ」

と、額に垂れる髪を掻き上げつつ志水にせまった。

志水は震え上がり、ろくろく確かめもせずに、傷はござらんと首を振ったが、武蔵はそれではおさまらず、確認を強要した。確かに傷がないことを、志水が半泣きで認めるまで決して許そうとはしなかったのである。

兵法に生きる武蔵にとって、額の傷は輝かしい履歴の傷となる。その風説だけは許せなかった。志水の愚問を利用し、武蔵はそれを打ち消すことに成功したのだった。

しかし、あの時とこの時では事情が違う。問われているのはやはり武蔵の名誉だが、傷の有無のように単純に判定できることではない。

どうなるか、若殿も家老も客も注目した。

武蔵がこのまま黙っている筈はない――。

だが、武蔵は質問に直接答えず、ただにやりと笑った。そして、一言、

「阿部殿、お見事でござった」

それだけ言うと武蔵は一礼して座を退出した。

さすが名人、見事な進退と誉める者もあれば、照れ隠しに過ぎない、武蔵は名人とはいえ最早《もはや》老いたのだと無遠慮に叫ぶ者もあった。

いずれにせよ若殿を救った弥四郎に賞賛の言葉が集まるのは、当然の成り行きだった。

三

城下東の千葉城跡にある居宅に戻る道すがら、武蔵は不快の念を抑えきれなかった。

絶望と腹立たしさが交互に武蔵の心を切り裂いてくる。

武蔵には天井の曲者の気配が読めなかったのである。

これは異常な事態だった。

剣の道を極めたと信じた壮年の頃から、敵の気配が読めなかったこと、曲者の殺気を悟れなかったことなど一度もないのだ。

それが兵法を極めた者の誇りであり、修業の成果であった。

敵の殺気を事前に感じ取ることこそ、武蔵の兵法の極意といってもさしつかえない。

彼の兵法を一言で言えば「見切《みき》り」である。

見切りとは、見きわめることである。

敵との距離を見切り、敵の太刀を届かせずにこちらの太刀を打ち込む。そればかりではない。敵の強弱を計るのも見切りである。

必ず勝てる相手なら試合をする。同等かそれ以上の相手なら勝負は避ける。この境地に達したからこそ、これまで一度も敵に後れをとったことはないのだ。

事前に敵の強弱を見切り、事後に敵との距離を見切る。これこそ武蔵の兵法の到達点であり終点でもあった。

それができなくなれば武蔵の剣に価値はない。

「老いたのか、わしも」

ふと思った。

その恐れは前々から抱いていた。

今年五十八歳になる。決して若くはない。

体力は年々確実に衰えていく。

だが、兵法者としての鋭い感覚だけは失ってはいないつもりだった。

あの若い弥四郎という男は強い。

柳生道場で高弟として遇されたというだけあって、なかなかの腕前である。

もっとも立ち合ってみたわけではない。

武蔵の眼力をもってすれば、剣術の腕前など一目で見抜けるのである。

あの若い男はかなり強い。並の剣術使いなら倒されてしまう。もっとも、まだこの武蔵の敵ではないが――それが彼自身の評価だった。

だが、先程の出来事は武蔵の自信をぐらつかせた。

武蔵には気配も読めなかった曲者を、あの男が見事に看破したのだ。兵法者の感覚は、目や耳の衰えとは関係ない。実践で鍛えた勘にたよるしかないのだ。

その点で武蔵は弥四郎に数倍まさっている筈だった。

少なくとも先程までは堅くそう信じていたのである。

「――酒が過ぎたか、それとも連歌に心を奪われたか」

武蔵はあせる心で原因を追及した。

道行く人も、すれちがいざまに挨拶する藩士の声も、まったく耳に入らなかった。

思い当たるふしをみつけようとした。

だが思い付かない。

武蔵は多芸多才の人である。

絵画、彫刻、工芸――どれをとっても当代一流の腕前を持っている。しかし、それに溺れたことはない。あくまで兵法を追求するための一手段として、それらをたしなんだに過ぎない。

連歌についてはさほどの素養もないが、客たちは連歌を目的にだけ集まったのではないことは述べたとおりである。

「おかしい、何故あの曲者を看破できなかったのか?」

声に出して呟くほど、武蔵はそのことだけを考えていた。

老いたというだけでは納得できない。

武蔵の兵法は見切りにあるのだ。

老いたとしても、自分の力量の低下すら見切れないようでは生きていく価値もない。

武蔵は杖を強く握りしめた。

このところ武蔵は刀をおびていない。

昔は刀を片時も離せなかった。

刀を離せばすぐに敵に襲われ斬られるような気がした。

そのうちに敵の力を見抜けるようになると、杖でも充分に自分を守れると悟った。

その時から武蔵は刀を持ち歩かないようになった。

自分が達した境地が、名人としての境地であることを疑いもしなかった。

尾張で当代の名人と噂される柳生兵庫助《やぎゅうひょうごのすけ》と出会った時もそうだった。

武蔵は兵庫助と酒をくみかわしたが、試合はしていない。

そんなことをしなくても相手の技量はよくわかった。すなわち、戦えば相討ちになるほどの力だということである。

兵庫助にもそれはわかっていた。

それだからこそ二人は試合をせずに別れたのである。

試合とは愚か者のすることとなり——それが武蔵の信念だった。

では何故自ら六十余度の試合をしたのか。

それは己が剣名を天下に広めるためであり、自分の判断を確かめるためでもあった。

己の見切りは正しかった。

それだからこそ今、武蔵はここにいるのである。

だから彼は未熟者が試合試合と大仰に叫ぶのを嫌った。

弟子の一人が木刀に試合用の飾りをつけているのを見て、烈火のごとく怒ったこともある。

その時は畳を一刀両断し、驚く門人に、わしほどの腕があっても試合などは容易にせぬものだ、と叫んだ。

それはまさに実感だったに違いない。

不遜なまでの己に対する自信、それを支える異常なまでの誇り、それに加えて石橋を叩いて渡る慎重さが武蔵の兵法を支えていた。

その支えがもろくも崩れようとしている。

目の前を小さな虫が横切ろうとした。

かんしゃくを起こした武蔵は杖で払った。

「………！」

武蔵は声にならないうめきを上げた。

狙いがはずれたのである。

こんなことは今までになかった。

武蔵は背後を振り返った。

伴の小者がそこにいる。

今の自分の醜態を見たかどうか。

小者は目を伏せていた。

やはり見たのだ。

だが何も言わない。武蔵も問うことはしなかった。

武蔵はやりきれぬ怒りを自分にぶつけ、悄然《しょうぜん》として道をたどった。

四

「父上、お久しゅうございます」

客が武蔵を待っていた。

養子の宮本伊織《いおり》である。

現在は小笠原家に仕えているが、城が同じ九州の小倉にあるため、たびたび武蔵の邸にやってくるのである。

武蔵は不機嫌な顔のまま上座に就いた。

「父上、いかがなされました？」

あまりに異様な表情を見て、伊織は不審気に問うた。この頃の伊織はすべてがうまくいっており、主君の信頼も篤《あつ》い。

武蔵はしばらくの間だまっていた。

伊織もそれ以上は問わず黙って武蔵を見つめている。

武蔵はやがて伊織の佩刀《はいとう》に視線を当てた。

「伊織は、御奉公も大切じゃが、剣の修業も怠ってはいまいな？」

「もとよりのこと」

微笑を含んで伊織は答えた。

「ならば、そちの刀を見せい」

武蔵がそう言ったので、伊織は体の右側に置いていた太刀を取り上げ、両手にささげて武蔵に差し出した。

武蔵は受け取って鞘を払った。

刀はよく手入れがされていた。

その曇りのない刀身は、伊織の日頃の精進を象徴しているのだろう。

「伊織、敵の見切りがつくようになったか？」

刀身を眺めながら武蔵は言った。

「いまだ未熟にて父上の境地には達しませぬ」

「我が兵法の極意は見切りにある。常に臨機応変を忘れず、踏み込み過ぎず踏み込まなさ過ぎず——わかっておろうな？」

「もとより、よく承知致しております」

「ならば、どうだ——」

突然、武蔵は太刀を大上段に振りかぶり伊織に向かって振り降ろした。

間一髪、伊織は後ろへ飛び下がって脇差を抜いた。

気がつくと太刀の届かぬ距離に伊織はいた。

「ふむ——見事」

そう言って武蔵は太刀を鞘におさめた。

その声には力がなかった。

伊織は武蔵が太刀をおさめると、再び近寄ってきた。

武蔵はそのきびきびした動作に羨望を覚えた。いや動作にではない、その若さにである。伊織はまだ二十九歳、その前途は洋々としている。だが、武蔵がうらやんだのはその前途でもなく体の敏捷さなのである。

「父上、何かお悩みごとがあるのですか？」

伊織は心配そうに言った。

「ある」

とは武蔵は答えられなかった。

それは武蔵の誇りが許さない。

武蔵は黙って微笑した。

無言がよいのである。無言であれば、周囲の人間が適当に名人にふさわしい態度を選んでくれる。

〝こんなことではいかん〟

そう思う心も確かにあった。

そして、それを脱する手っ取り早い方法もある。

あの男、阿部弥四郎と果たし合いをすればよいのである。

そうすればどちらが今の時点で技量が上かはっきりわかる。

無残なまでに冷厳な結果が出るに違いない。

きのうまでの武蔵なら何の危惧もなしに立ち合ったに違いない。

弥四郎が自分より技量が下だという見切りがついていたからだ。

だがその自信はいまはない。
武蔵でも看破できなかった天井の曲者を、あの男が見抜いたからだ。
これではあの男の技量の方が上と判断せざるを得ないではないか。
「今は出来ぬ。今、立ち合うことはできぬ」
思わず口に出した。
「何かおっしゃいましたか」
聞き咎めた伊織が言った。
「いや何でもない」
そう言って武蔵は手を打ち、酒の支度を命じた。
酒が運ばれて来た。
苦い酒だった。
〝あの男といずれは立ち合わねばならない〟
その予感はあった。
あのような事件があった以上、忠利公も二人の技量に興味を持つ筈だ。
命のやり取りはしなくてもよいだろう。
おそらく試合は御前での木刀による稽古試合の形をとるに違いない。

しかし、敵には負けてもともとという心のゆとりがある。こちらは一太刀でも許せばすべて終わるのである。

これまで命がけで築いてきた名誉もすべて烏有《うゆう》と化す。

それだけは避けねばならなかった。

〃あんな若造に、この武蔵が後れをとることがあるものか〃

そう思い込もうとした。

だが、武蔵自身、子供の頃から年長の達人を相手に戦ってきたのである。子供の頃というのは誇張ではない。初めて試合に勝ったのは十三歳の時、相手は新当流の有馬《ありま》喜兵衛《かへえ》という兵法者だった。

今度はあの有馬の立場に自分が追い込まれることになるのだろうか。

それは不吉な予感だった。

五

翌日、武蔵は城下の泰勝寺へと向かった。

そこには春山という若い禅僧がいる。

武蔵はこの若い僧と気が合った。

もともと禅には少なからぬ関心を抱いてきた武蔵だった。

この年になって、兵法はただ体が早く動けばいいというものではないことを悟った。柳生のように剣禅一如などと抹香臭いことを、言うつもりはないが、心も鉄のように鍛えねば兵法は役に立たない。

そのために武蔵は泰勝寺の樹の下でしばしば座禅を組んだ。

「武蔵様――」

と、春山和尚は武蔵を一目見るなり言った。

「大きな荷物をお持ちですな」

「うむ」

武蔵は苦い顔で頷いた。

もちろん杖しか持っていない。

春山の言ったのは心の荷物のことである。

武蔵はそのまま、すたすたといつもの樹の下へ行き、苔の上にどっかりと腰をおろした。

結跏趺坐《けっかふざ》し目を閉じ禅定《ぜんじょう》に入る。

いつものようにすんなりとはいかなかった。

言わずとしれた心の悩みが、心の平穏を邪魔しているのだ。
そのまま数刻、武蔵は岩の如く座り続けた。
日は暮れ夜風の冷たさが身にしみた。
しかし、それでも武蔵はぴくりとも動こうとはしなかった。
〝我が生涯において得た兵法の真髄に誤りがあったのか？〟
武蔵の心は岩ではなく炎だった。
彼は何度も自問自答を繰り返した。
〝いや、そんな筈はない〟
そうだ。そんな筈はない。
それは武蔵のこれまでの人生を否定することになる。そんな馬鹿なことがあろうか。
〝それでは老いたのか？〟
これは有り得ることだった。
いかに兵法の真髄を会得しようと、それが老いた肉体から突如離れてしまう。
これは有り得る。まして老いるということはこれまでにない、初めての経験である。
だからこれまでの体験の積み重ねでは、判断できないものがあっても不思議はない。
〝ええい、何ということだ〟

武蔵は苛立っていた。

心は乱れに乱れていた。

「——武蔵様」

春山だった。いつの間にか近くまで来ていた。武蔵は閉じていた目を開いた。

「忠利公からのお召しです。明日巳《み》の刻（午前九時頃）出仕するようにと」

「わかった」

頷いて再び目を閉じる武蔵に、春山は語りかけた。

「何を悩んでおられる？」

「…………」

武蔵は黙っていた。

そう簡単に話せる問題ではない。

春山は、その僧にしておくのは勿体ないと噂される整った顔立ちに微笑を浮かべ、

「あなた様ほどの御方が迷われるとは。己を信じ他を捨てればよろしいのではございませんかな」

と、静かに言った。

武蔵は意外な言葉に目を開け、

「他を信じ己を捨てる――ではないのか？」

と、反問した。

「臨機応変――これが仏の道でございます。拘わらず、拘わらぬことに拘わらず」

「難しいことを言う」

「なんの、武蔵様は自分で難しくしておられる」

春山は微笑した。

武蔵もつられて苦笑した。

確かにそうかもしれなかった。

自分は今までことを難しく考えていたのかもしれない。

「武蔵様、――明日のお召しは立ち合いのためでございますぞ」

春山の言葉に武蔵は顔をひきしめると、

「阿部弥四郎が所望したのじゃな？」

春山は黙って頷き、そのまま一礼すると僧房の方へ向かった。

「和尚、一つ尋ねたい」

武蔵は呼びとめた。

「何です？」

「御家老の屋敷に忍び込んだ稲垣なる者の剣の腕前は？」

「愚問でござるな」

「なんと」

武蔵は驚きの声をあげた。

「武蔵様より強い方などこの日の下《もと》にいるとは思えませぬ」

「では――もう一つ尋ねる」

「――稲垣がなぜ若君を狙ったかということですな？」

春山は武蔵の心中を見透すように、

「わかり申さぬ。――ただ稲垣には若君を葬り去っても何一つ得になることはありませぬ」

と言った。

それは事実だった。

若君光貞の弟は三人いるが、次弟は出家してこの泰勝寺におり、残りは他家の養子になっている。出家、養子とも本家を継ぐ資格を喪うのである。絶対に駄目というわけではないが、そんなことをするより若君を守り立てていった方がよいことは言うまでもない。

春山の問いには答えず、武蔵は泰勝寺を出た。

「得心されましたか？」

武蔵は立ち上がった。

「そうか――」

六

武蔵の足は事件のあった長岡寄之の屋敷へ向かっていた。

武蔵はどうしてもたしかめておきたいことがあったのだ。

おりよく寄之は在宅していた。

「夜分、突然参上致しまして誠に申しわけございません」

武蔵は畳に両手をついて挨拶した。

寄之は決して不機嫌ではなかった。

武蔵という男を寄之は好きであったし、その輝かしい剣歴を尊敬もしていた。

「それは構わぬが、いったい何用じゃ」

寄之はこの急な訪問の意図をはかりかねていた。

「他でもございません。昨日のことでございますが――」

と、武蔵は用件を切り出した。

「ほう、やはり何か気にかかるか?」

「はい、一つ二つお尋ねしとう存じます」

「うむ、構わぬ。申してみよ」

寄之に促されて武蔵は膝を乗り出した。

「御家老、あの稲垣なる男、何故若君を狙ったのでございましょうか?」

「わからぬ」

困惑の表情で寄之は首を振った。

「それとも、もしや御家老様を狙ったのでは?」

「いや、それはあるまい。わしはあの男のことを気にかけておったのだ。あの父とわしは竹馬の友での。まさかあの息子があのようなことを仕出かそうとは、思いもよらなんだ」

寄之はこれからの稲垣家の運命を思って暗い気持ちになった。

主人を狙ったことがはっきりすれば、大逆の罪である。一族郎党罪に問われ、家は断絶の他はない。

「あの曲者、一体どこから天井裏へ忍び入ったのでございましょう」

武蔵は続けて質問した。

寄之は顔をゆがめた。

曲者に侵入されたのは寄之にも責任があるからだ。武家屋敷にやすやすと賊が侵入するなど決して名誉なことではない。

「――おそらく前夜のうちに忍び入ったのであろう」

「前夜のうちに？」

「左様、奥の間の裏側に羽目板を破ったあとがあった。その夜、留守番の者は酒をくらって眠り呆けておったのだ」

「左様でございますか――」

武蔵はしばらく考えていたが、ふと顔をあげると、

「つかぬことを伺いますが、阿部の家と稲垣の家は仲がよろしいのでございましょうか？」

と尋ねた。

「いや――」

と、寄之は首を振った。

「先々代から犬猿の仲でな」

寄之は両家の仲が悪くなった原因を話し始めた。

それは天正年間というから、まだ細川家の家祖藤孝（のち幽斎）が織田信長に仕えていた頃のことである。

ある合戦でよき敵をめざした両家の当主は、首尾よく敵の大将格の男を討ち取ったあと、どちらが先に槍をつけたかでもめた。こんな時の判定のために、各人は目立つ旗指し物を背負い戦目付《いくさめつけ》がそれを記録しているのだが、この時はあいにくとどちらが正しいのか決め手になる材料がなかった。

両者とも自分が正しいと信じ込んでいたらしく、両家の仲はみるみる険悪となり、事あるごとに対立するようになった。

それだけならまだよかったのだが、その子の代になって、島原の乱の功名争いでまた両家はもめた。これも敵にどちらが先に槍をつけたかという先代と同じ状況であった。しかも、この時も乱戦の中、両者のいずれが正しいかを決める材料がなかった。

二代同じ事件が続くと、まるで因縁話のようだが、これには理由がある。最初の対立以来、両家はことごとく張り合うようになり、同じ獲物を求める傾向があった。だから先代と同じような事件が起こっても、決して偶然とは言えないのである。

「当代になってはどうなのです？」

武蔵の問いに寄之の顔は曇った。

「死んだ主馬の妻女が若かった頃、弥四郎と主馬が、どちらが妻にするかで張り合ったことがあった」

苦々しい口調で寄之は言った。

「主馬殿が勝ったのですね？」

武蔵の問いに、寄之は頷いた。

「家を継いだ主馬と、部屋住みの弥四郎では勝負にならぬ。敗れた弥四郎は江戸へ兵法修業に旅立った」

「なるほど、左様でござったか」

武蔵の中である考えが確信へと変わりつつあった。

それは泰勝寺を出た頃から、頭の中にもやもやとした形で生まれてきていたものだったが、それはいまや明確な形を作っていたのである。

「忝《かたじけ》のうござった。この武蔵、ようやく心の迷いが晴れました」

武蔵は畳に両手をつくと、

「御家老、願いの儀がござります」

「なんじゃ、申してみよ」

「明日、拙者は殿の御前で、阿部弥四郎殿と兵法の吟味を致す所存――」

「そのこと聞き及んでおる」

「その座に御家老も御同席願えませぬか？」

「そのつもりであったが……」

「それから、稲垣家に対する処分の御沙汰、明朝弥四郎殿と相まみえるまで待って頂けませぬか」

「何やら思うところがありそうな――よかろう」

寄之は頷いた。

武蔵は丁重に礼を述べると、屋敷を辞去した。

外に出ると、木枯らしが吹きすさんでいた。

道にいくつもの枯れ葉が舞っている。

武蔵はしばらく枯れ葉の流れを見つめていたが、やがて無言の気合を発して枯れ葉の一枚を打った。

その葉は空中で真っ二つに分かれ闇の中に消えていった。

七

忠利公は病中のせいか顔色がすぐれなかった。

庭に控えていた武蔵は、御前に進み出ると、座敷の縁側にいる忠利に丁重に挨拶した。

きょうは裃《かみしも》をつけた礼装である。

「武蔵、あい変わらず壮健で何よりだの」

忠利は微笑した。だが、その微笑には力が無かった。

武蔵の心は痛んだが、それはおくびにも出さず、

「恐れ入り奉る」

と頭を下げた。

忠利公の横には家老の長岡寄之や他の重臣が控えており、阿部弥四郎もいた。

忠利公は武蔵を見つめると、

「久しぶりにその方の兵法が見たい。この者と立ち合ってくれぬか」

と、弥四郎を示した。

「はっ、喜んで。ただ一つ、願いの儀がございます」

「申してみよ」

忠利が言った。

武蔵は頭を上げると、

「この立ち合い、真剣にてお願い致しとう存じます」

と言い放った。

「真剣じゃと、武蔵、その方真剣勝負をすると申すか?」

忠利が驚いて言った。

重臣たちも顔を見合わせた。

ただ寄之だけが静かな態度で成り行きを見守っている。

「いえ、真剣勝負ではございません。ただ弥四郎殿には真剣を持って頂きたい」

「異なことを申す。そちはどうする気じゃ?」

武蔵は微笑して、

「拙者はこの小太刀で充分でございます」

と、脇差ほどの長さの木刀を示した。

弥四郎の顔が紅潮した。

武蔵は明らかに弥四郎を軽侮している。

忠利は当惑した。

武蔵は黙って両手を膝の上に置き、庭の地面に座っている。

「殿、武蔵の言うとおりになされませ」

寄之だった。

忠利は意外に思った。

本来ならこんな無茶なことは止める筈の寄之が、こんなことを言うのは何か深い仔細があるに違いなかった。

「よかろう、許す。弥四郎、真剣を持て」

忠利の言葉に弥四郎は不満だったが、太刀を手に立ち上がった。

とにかく有利なのは事実なのだ。この利を生かして武蔵を斬ってしまえばいい。そうすれば武蔵を倒した男として剣名はゆるぎないものとなる。

弥四郎は庭の中央に出て武蔵と対峙し一礼した。

次の瞬間、弥四郎は剣を抜き正眼に構えた。

武蔵は右手に持った木刀をだらりと下げたままである。

「武蔵殿、参る!」

弥四郎は叫んだ。

「いかようにも」

武蔵は余裕の笑いを浮かべていた。

憤激した弥四郎は気合鋭く打ち込んだ。

武蔵は下がらなかった。

いやほんの少しだけ後ろに下がり、そのため弥四郎は今度は胴を狙った。

ところが武蔵は今度も体をわずかに曲げ、すれすれのところでかわした。

弥四郎は次々と打ち込んできた。

だが見切りの極意を会得した武蔵にとって、こんな攻撃をかわすのは赤子の手をひねるよりも簡単なことだった。

弥四郎は満面に朱を浮かべ、無茶苦茶に刀を振り回してきた。

武蔵には相手の動きが手に取るようにわかった。

一度でもこんな相手に恐れを抱いたとは、武蔵はきのうまでの自分に呆れる想いだった。

そのようなことを考えたこと自体が、むしろ老いの作用なのかもしれなかった。

弥四郎は肩で息をしていた。

いくら打ち込んでも、まるで魔法のように老人はこちらの攻撃をかわしてしまう。

「それでは弥四郎殿、こちらから参る」

武蔵は余裕をもって宣言した。

ゆっくりと前に出た。

弥四郎が打ち込む。

しかし、それはどうしても武蔵の体には当たらなかった。

武蔵はまるで石像に近付く人のように無防備に見えた。

弥四郎はもう俎《まないた》の上の鯉だった。

武蔵は軽く弥四郎の右手首を打った。

ぼきっという大きな音がした。

弥四郎は絶叫をあげて刀を落とし、庭を転げ回った。

軽くではなかった。武蔵は渾身の力を込めて打ったのである。ただ手練《てだれ》の冴えがそうとは見せなかっただけだ。

武蔵は木刀を捨てると、忠利に向かって一礼した。

忠利は眉をひそめていた。

これほどの腕の違いがあれば手加減すべきだと思ったのである。

「殿、先日の弥四郎の手柄、あれはとんでもない偽りでございますぞ」

武蔵は庭に正座すると言った。

「何、何と申した？」

驚いて忠利は訊き返した。

「この男、とんでもない食わせ者、稲垣殿を無実の罪へ落としたのでございます」

「武蔵、何を言う」

右手首を押さえたまま、弥四郎が叫んだ。

「黙れ、武士の風上にも置けぬ奴。殿の御前であるぞ、控えい」

雷のような武蔵の声が轟いた。

その勢いに気圧されたのか弥四郎は黙り込んだ。

「一体、どういうことなのじゃ。武蔵、余にわかるように説明してくれ」

「はっ、申し上げます。先日、御家老の御屋敷で起こったことは、すべてこの弥四郎が仕組んだこと。稲垣殿には何の罪もないのでございます」

武蔵は一語一語噛んで含めるように言った。

「何と申す。天井に潜んでおったのはまちがいなく稲垣だったというではないか」

「天井に潜んでおったのではございません」

「――？」

忠利は奇怪な武蔵の言葉に首をひねった。

稲垣主馬があの日確かに天井にいたのは事実ではないか。

「潜んでおったのではございません。ここにいる弥四郎に、おそらくは一服盛られ天井に置き去りにされていたのでございます」

思いもかけない武蔵の言葉に一同は耳を疑った。

「馬鹿な、それは違う」

弥四郎がうめくように言った。

武蔵はせせら笑うと、

「どこが違う？　弥四郎、お前は稲垣殿を恨んでいた。一つは前代の恨み、もう一つは女の恨み。そこで、お前は稲垣家を没落させる奸策を思いついたのだ。あの日の前夜、お前は稲垣殿を呼び出し毒を飲ませて体の自由を奪った。そして、夜中にでも御家老の座敷に運び込み天井裏に置いたのだ。短筒を手に握らせてな。一人では出来まい。おそらく御家老の家の用人も一口かんでいよう。これで用意は出来た。翌日は若君を招いて宴が始まる。天井裏で倒れている稲垣殿はそのうちに正気にかえる。目覚めれば自分がどこにいるかわからず、動き回るだろう。そこをすかさず槍で刺す手筈だったのだ。もし、刺し殺すのに失敗しても、あのような風体で天井にいれば曲者とみられても仕方がない。逃げ出しても追いかけて斬ってしまえばよいし、生け捕りにされたとしても重罪は免れぬ。いずれにせよ稲垣家はおわりだ。うまく考えたものだな、阿部弥四郎ー」

武蔵は一喝した。

一同の非難の視線が弥四郎に集中した。

「馬鹿な、でたらめだ。何の証拠もないことだ」

弥四郎が叫んだ。

「証拠はこの武蔵だ。もし稲垣殿が殺意をもって天井に潜んでいたのなら、この武蔵がその気配に気付かぬ筈はないのだ。だが、この武蔵といえども、無心に眠る人間の気配は読めぬ――」

「武蔵、自分が気配を読めなかったから、それを隠すためにこのような話をでっち上げたのだ。そうに違いない」

弥四郎が血走った目で言い立てると、武蔵は笑って、

「弥四郎、では一つ聞く。稲垣殿はどうやって短筒を射つつもりだったのだ」

「――それは天井板をはずして」

「そうではない。火縄にどうやって火を付けるつもりだったかと聞いておるのだ。稲

垣殿はどこにも火種を持っていた様子はなかったぞ」

武蔵のこの言葉は弥四郎にとどめの一撃となった。

下手に火種を置いておくと、火事になる恐れがあるので、弥四郎はそうすることができなかったのだ。そこまで気付く者がいるとは思わなかったし、たとえ気付いたところで稲垣を罪に落とすには、天井に潜んだという事実で充分と考え、そこまで気を回さなかったのである。

「いつまでも隠し通せるものではないぞ。潔く罪を認めることだ」

武蔵は厳しい声で言った。

弥四郎はがっくりと肩を落とした。

それが合図でもあったかのように、弥四郎は引きたてられた。

「武蔵、余の不明で迷惑をかけた、許せよ」

すべてが終わった時、忠利は武蔵にねぎらいの言葉をかけた。

「とんでもございません。この武蔵、殿の御厚恩にいささかでも酬いることが出来て、うれしゅうございます」

武蔵は居ずまいを正して忠利の顔を見上げた。

「殿、それがしようやく自らの兵法を集大成する決心がつきました。これからそれを書物にまとめ、殿に献上致したく」

「おお、それは嬉しい。さぞかし見事なものが出来るであろう。ところで、武蔵、そちほどの者なら、己が兵法に自信を失ったことなど一度も無いのであろうな」

　忠利は素直に訊いた。

　武蔵は重々しい表情で答えた。

「はい、兵法の極意を悟って以来、未だそのようなことはございません」

　武蔵が後の「五輪書」の先駆となる「兵法三十五箇条」を忠利に献上したのは、この翌月二月のことであった。

三匹の獣

「みんな、よく集まってくれたな。礼を言います」

江戸鎌倉河岸《かし》の材木問屋越前屋の隠居幸右ェ門は、赤いちゃんちゃんこを着て座布団に座っていた。

きょうは幸右ェ門の還暦《かんれき》の祝いということで、親族一同が向島の別邸に集まったのである。

幸右ェ門の子は善右ェ門、ただ生まれつき病弱で、幸右ェ門にせっつかれながら、ようやく一人娘を作った。

娘の名は梅という。

その梅に早く婿を取って、身代を継がせ、安心して目をつむりたいというのが、幸右ェ門の望みである。

その婿の候補は三人いる。同業の遠州屋の次男の松次郎、薬種問屋宝来屋の三男音吉、そして越前屋手代の市造である。

松次郎と音吉は梅にぞっこんだ。

婿養子でもいいから、梅と添いたいと言っている。

一方、市造は実直なのを見込んで、父親の善右ェ門が推薦したのである。

その三人もこの席に招かれていた。

実は、三人のうち誰を婿にするかは、幸右ェ門の判断に任されていたのである。

「さて、お梅の婿の件だがな――」

頃合よしと見て、幸右ェ門が切り出す。と、梅は直っ赤になって顔を伏せた。

男三人は身を乗り出した。いや、二人だ。手代の市造は隅っこで、むしろ体を硬くしていた。

「松次郎さん、あんたから聞こうか。お梅のことをどう思っているのかね」

幸右ェ門の問いに、松次郎は待ってましたとばかりに身を乗り出して、

「それはもう、必ず幸せにしますとも。わたしはお梅さんが好きでたまらないんですよ」

松次郎は色の白い優男《やさおとこ》である。

遊びの方も相当やっているらしい。

ただし、商売の方の手並みもなかなかだという。

商家の主人としては、少しぐらい遊んでいないと困ることもある。だから、それは別にかまわないが、同業者の息子だというところが、幸右ェ門には引っかかっていた。

「音吉さん、おまえさんはどうだね」

次に、幸右ェ門は音吉に聞いた。

「松次郎さんには悪いが、わたしの方がお梅さんの婿にふさわしいと思います」

音吉は自信たっぷりに言った。

「ほう、どうしてかな」

「商売に慣れてます。松次郎さんは、少し吉原あたりでのお遊びが過ぎるようで」

「何を言うんだね、音吉さん」

松次郎は怒って立ち上がろうとした。

「まあ、待ちなさい。これだけのいいお日和《ひより》なんだ。野暮はなしだよ」

幸右ェ門は目を細めて庭を見た。

さんさんと陽があたる庭には、小さな池が掘られ、紅梅と白梅が揃って花を咲かせている。

冬が終わったばかり、特にきょうは暖かい。

松次郎はしぶしぶ腰をおろした。

幸右ェ門は音吉に向かって、

「商売はうまい、おまえさんの取り柄はそれだけかい」

「いえ、とんでもない、御隠居、なによりもお梅さんが好きなんで、一生添い遂げたいと思っております」

音吉の答えに、幸右ェ門はふんふんとうなずくようにして、手代の市造の方を見た。

「市造、おまえはどうなんだ」

「――はい、わたくしは、お嬢さんの婿になりたいなどとは、これっぽっちも思っておりません」

「お梅を嫌いなのかい」

「いいえ、滅相もない」

市造は大きく首を振って、

「わたくしは手代でございます。そもそも御主人のお嬢さんにお仕えする身で、好きの嫌いのなどということは――」

華やかな振り袖を着た梅がちらりと市造を見た。

市造は姿勢を正して、

「とにかく、わたしにはこんな晴れがましい席は場違いでございます。どうかお許し下さいますよう」

　とその場に平伏した。

「場違いか、場違いでないか、それはわしの決めることだ」

　幸右ェ門はあらためて全員を見渡し、

「なにしろ越前屋の身代がかかっていますからね。簡単には決められないんだよ。越前屋を継ぐにふさわしい、お梅の婿として申し分のない人を選ばなくちゃいけない。そこでね、一つ趣向を考えたんだよ」

　幸右ェ門は丁稚《でっち》に命じて、居間の違い棚の上から手文庫を持ってこさせた。

　その漆黒の玉手箱のような箱の紐をほどくと、幸右ェ門は中から三枚の紙切れを取りだした。

　丁稚に命じて、その紙を松次郎、音吉、市造の三人に配らせると、幸右ェ門は笑みを浮かべながら、

「三人とも、おんなじもんだ。よくごらん」

　と、三人の顔をかわるがわる見た。

　そこには、下の妙な図があった。

鶏	二
一	
馬	
	蛇
四	

何とも奇妙な図であった。

三人がその意味を取りかねて、互いに顔を見合わせていると、幸右ェ門は、

「いいかい、一度しか言わないからよくお聞き。それはね、判じ物、唐《から》の言葉で言えば暗号というやつさ。わしの一番好きなものの名が、それを解けばわかる。だから、それを解いておくれ。そのうえで、わしの一番好きなものの名をあてたら、その男を梅の婿にしようじゃないか。いいかい、早い者勝ちだよ」

「――あの、これ、てめえの頭で考えなくちゃ、いけないんでしょうか?」

おずおずと音吉が言った。

幸右ェ門は笑って、

「いや、そんなことはない。人の力をうまく借りるのも、商売では大切なことだからね。かまいませんよ、答えさえ、まちがっていなければね」

「こうしちゃいられねえや」

そう言って先に立ち上がったのは松次郎だった。

「じゃ、お先に。本日はお招きありがとうございました」

そう言って松次郎はまるで駆け出すように、広間を出て行った。

それを見て、音吉もそそくさとあいさつを済ませると、飛び出して行った。

市造だけが残った。

幸右ェ門は何もなかったかのように、手文庫を元の位置に戻させた。


「どうして、おまえは何もしないのよ」

梅は怒っていた。

還暦の祝賀も終わり店に戻った時、手代の市造に怒りをぶつけたのである。

市造は黙っていた。

「どうしたの、わたしのことが嫌いなの?」

「いえ、お嬢さま、とんでもない」

「その、お嬢さまは、やめて。どうして身を引くの?　松次郎さんや音吉さんと張り合おうとしないのよ」

「——————」

市造は、東北の農家の生まれで、子供の頃から江戸へ奉公に出てきた。

少し口べたなところが玉に傷だが、本当は梅は市造を好きなのである。

ところが市造は、あくまで自分は「奉公人」であるという立場から一歩も出ようとしない。

　梅としてみれば、それが歯がゆい。

「松次郎さんや音吉さんがどこへ行ったか、おまえにはわかっているの？」

「はあ」

「はあ、じゃないわよ。おそらく黄表紙《きびょうし》作者の竹中蘭軒《たけなからんけん》先生のところへ行ったに違いない」

「――――？」

「あの暗号を解いてもらうためよ。蘭軒先生といえば、江戸一番の判じ物作りの名人と呼ばれる人よ。解いてもらいに行ったに違いないわ」

　梅はいらいらして、

「ああ、どうしよう。こうしている間にも、あの二人は暗号を解いてしまうかもしれないじゃないの。――そうだ、こちらも」

　梅は突然名案を思いついた。

「おまえ知っているだろう？　易者の伏龍堂《ふくりゅうどう》のおじさん」

「はい」

　市造はうなずいた。

伏龍堂なら知っている。この近くの長屋に住む、和漢の学に通じていると噂に高い男である。

「あの暗号、伏龍堂さんに解いてもらいなさい、早く」

市造は梅に尻を叩かれるようにして、例の暗号を持って易者のもとへ急いだ。

伏龍堂《ふくりゅうどう》は、長い顎ひげを生やし、おだやかな目付きの易者である。

梅が市造の尻を叩くようにして連れて行ったのは、その伏龍堂が大道で商売している神田明神近くの辻だった。

「おじさん、お願い」

梅は開口一番言って、頭を下げた。

伏龍堂は目を丸くして、

「これは越前屋のお嬢さん、どうしたんだね」

「これを解いてください、一生のお願い」

と、梅は手代の市造をせかして、例の暗号を出させた。

「ほう、これは何の判じ物かな」

伏龍堂は、人相見に使う天眼鏡《てんがんきょう》を取り上げ

鶏	二
一	
馬	
	蛇
四	

て、しげしげと眺めた。

「三匹の獣が囲いの中にか、これがどうしたのかな」

そこで梅は事情を説明した。

市造と夫婦になれるかどうかは、すべてこれが解けるかどうかに、かかっていることを。

「ほう、それは面白い」

「ほう、ほうってね、おじさん、フクロウじゃあるまいし、何とかして下さいよ」

梅はあせっていた。

松次郎や音吉はもう解いてもらっているかもしれないのだ。

「ふむ、だが、わしの力を借りたら、まずいのではないのかな」

「そんなことないの。おじさん、人の力を借りるのも商売では大切なことだ、なんて言ったのよ。だから、大丈夫、早く解いて」

「なるほど、つまり、お嬢さんの嫌っている相手は、別の男のところへ行ったか。さしずめ、黄表紙作者の蘭軒先生のところかな」

「そこまでお見通しなら、言うことはないわ。お礼は充分しますから、先生お願い。後生だから」

梅は、横にぼんやりと立っている市造にも、じれったそうに、

「もう、あなたからも頼みなさいよ。あなたのことでしょう」

「――ああ、すみません。先生、よろしくお願いします」

「うーん、とはいうものの、これは少し歯ごたえがありそうじゃな」

「頼りにしているのよ、先生」

「では、きょうは店じまいとするか。うちへ帰ってよく考えてみよう」

「じゃ、市造も一緒に行かせますから」

「おいおい、店はどうするんだね」

「店なんか、この際どうでもいいの」

梅は叫ぶように言った。

伏龍堂は苦笑して、市造をともなって長屋に戻った。

一方、その頃松次郎は、音吉を出し抜いて、蘭軒をつかまえることに成功していた。

蘭軒は本業は黄表紙の作者だが、判じ物づくりでは江戸一と噂が高い。

松次郎は蘭軒をつかまえると、事情を話して、土下座せんばかりにして頼んだ。

「お願いします。蘭軒大先生、これには、わたしの一生がかかっているんだ」

「ふん、なるほどな」

蘭軒は油ぎった顔に、欲深そうな笑いを浮かべて、

「じゃあ、これを解きさえすれば、越前屋の身代はまるまる、おまえさんのものになるというわけかい」

「――ええ、まあ、そんなところで」

「まあ、じゃないよ。その辺をはっきりしてもらいてえな。礼金のこともある」

「礼金って、あの、いかほどで？」

松次郎はおそるおそるたずねた。

「とりあえず十両、あとは相談ってことで、どうだね」

「十両、そんな法外な」

松次郎が叫ぶと、蘭軒は不満げに、

「何が法外かね。あんたはこれで何万両も手にするも同じじゃないか。その夢をたかだか十両でかなえてやるんだ」

「――――」

「嫌なら、とっとと帰んな。無理にとは言わないよ。まあ、このお江戸広しといえども、こいつが解けるのは、わしぐらいのものだろうて」

「――あの、本当に解けるんで」

「疑うのかい」

「いえ、滅相もない。ただ、先生は、まだこれ一目見ただけじゃないですか」

「一目だけでも、わかる者にはわかる。どうだ、十両、高くはないと思うがな」

「じゃ、ちょ、ちょっと待っておくんなさい。親から借りてきまさあ」

「借りられるかね」

「大丈夫。うちの親だって、越前屋を自分の息子が継ぐとなりゃあ、万々歳ですからね」

「よし、じゃ、金を持っておいで、その間に考えよう」

「お願いしますよ、先生」

松次郎は走り去った。

蘭軒はあらためて、その暗号をじっと見ていたが、やがて笑みを浮かべて筆をとり、半紙の上に「いろは四十七文字」を書き始めた。

「あの、先生、どうでしょうか」

市造はおずおずと声をかけた。

伏龍堂の長屋である。

さきほどから文机《ふづくえ》の上に広げた暗号を見つめながら、身じろぎもしない伏龍堂に、市造は不安を抱いていた。

(この先生、本当に大丈夫なのかなあ)

「市造さん、あんたは本当にお梅さんと夫婦になりたいのかね」

「ええ、それはもう――」

「本当かね。どうも最初はその気がなかったような」

「――」

「どうだね、はっきりしてくれないか。わしは礼金なんぞはいらないがね、それだけははっきりしてもらわないとね」

「はい」

市造は居住まいを正して、

「申しわけありませんでした。今まで男として、腰がすわっていなかったと思います」

「今は、そうではないんだね」

「はい」

「よかった。それなら、わしも張り合いがでる」

「それで、解けますか」

「うん、まだ、はっきりはしないが、どうやら十二支と関係《かかわり》がありそうだな」

「十二支って、あの、子《ね》、丑《うし》、寅《とら》っていう？」

「そうそう、その十二支だよ。これをよく見てごらん」

鶏	二
一	
馬	
	蛇
四	

「鶏と馬と蛇、これは酉《とり》、午《うま》、巳《み》じゃないかな」

「はあ、じゃ、この一、二、四は？」

「三がないのは何故かと思ったんだが、三は書かなくてもわかるということだな」

「――――？」

「こうだろう」

と、伏龍堂は筆をとって、

一	二
四	三

「これは？」

市造には何が何だかさっぱりわからない。

「要するに、一のところに鶏が入り、二に蛇が、四には馬が入っているということだ」

「――――？」

「はは、わからんか。十二と四、これをかけると、いくつになる？」

「へえ、十二と四なら、四十八で――」

「おっ、さすが勘定には強いな。その通りだ。四十八だ。四十八とくれば、『いろはカルタ』も四十八ある」

伏龍堂は笑って、

「そんな難しく考えずともよい。これはな、四つの四角の囲いで、一つの字をあらわしておるのだ」

「はあ」

「だが、こんなことで、大切な婿を決めてよいものかな」

「先生、そんなもったいつけないで、早く教えて下さい」

市造はせっついた。

伏龍堂が頭をひねっている頃、蘭軒はもうそれを解いていた。

十両を持ってやってきた松次郎に、蘭軒は紙を見せた。

羊三二龍

「これは何で？」

「おまえの名だよ、『ま』『つ』と書いた」

「えっ、どうしてそうなるんで」

松次郎は驚いた。

「ちっとは、自分の頭で考えたらどうだい」

蘭軒はにやにや笑っていた。

松次郎は首をひねっていた。

蘭軒はもう暗号をといて、自分もその暗号を使って問題を作ってしまった。

これが松次郎の「ま」「つ」になると蘭軒は言う。

松次郎にはさっぱりわからない。

「先生、教えて下さいよ、早《あし》く」

「知りたいのなら、まずお金をお出し」

蘭軒はふんぞりかえって言った。

「へえ、ここに耳を揃えて用意しやした」

松次郎は父親に頭を下げて借りて来た十両を差し出した。

十両は大金である。

遊ぶ金としてなら絶対に出さないが、息子を越前屋の婿にするためなら安いものだと、父親も算盤《そろばん》をはじいたのである。

父親の遠州屋にとって、それぐらいなら右から左に出せる金である。

蘭軒はそれを一枚一枚数えて、財布にしまい込んだ。

「確かに」

「じゃ、先生」

身を乗り出した松次郎に、蘭軒は冷ややかな口調で、

「まあ、待て。おまえが首尾よく越前屋の婿におさまった時の、礼金についてはまだ話しておらぬが」

「先生、そんな殺生《せっしょう》な」

「何が殺生だ。越前屋の商《あきな》いなら、何千両何万両と扱うではないか。わしに百両出したところで、懐は痛むまい」

「百両ですか」

松次郎はしぶい顔をした。

入婿なのである。いくらうまくいったところで、いきなり百両はきつい。

松次郎がそれを言うと、蘭軒は、

「よし、それなら、おまえさんが名実ともに越前屋を握るまで、月に三両ずつもらうことにしよう、これなら、出せぬとは言わせぬぞ」

「へえ、それぐらいなら、何とか」

「口約束ではあてにならぬな。一筆書いてもらうか」

蘭軒は文机《ふづくえ》の上から、一枚の紙を持ってきた。

松次郎がのぞき込むと、それは金百両を蘭軒から松次郎が借りたという借金証文だった。

松次郎が覗いて詳細に見ると、月々に利息として三両払うということが明記してある。

「さあ、これに名を書いて、爪印《つめいん》を押してもらおうか、ここに朱肉もある」

蘭軒は朱肉入れの蓋《ふた》をあけて、松次郎の前に置いた。

（考えやがったな）

松次郎はいまいましく思った。

これは正式な借金証文である。これに名を書いて拇印を押せば、取りっぱぐれがないというわけだ。

「分かりましたよ、先生」

松次郎は観念して言う通りにした。

蘭軒は初めて笑みを浮かべると、それを懐にしまい、代わりに一枚の紙を取りだした。

「おまえは、十二支はむろん知っておるだろうな」

「知らねえやつは、いないでしょう」

「頭から全部言ってみろ」

「へえ、子《ね》、丑《うし》、寅《とら》、卯《う》、辰《たつ》、巳《み》、午《うま》、未《ひつじ》、申《さる》、酉《とり》、戌《いぬ》、亥《い》で」

「そうだ。ここでな一つ思い出せ。『いろは』というのは何文字あった」

「四十七字でしょう」

何をあたりまえのことを聞くのか、とばかりに松次郎は蘭軒の顔を見た。

「『ん』まで入れれば四十八だ。四十八を十二で割ると、いくつだ」

「へーえ」

と、松次郎は頭の中で算盤をはじいて、

「四ですね、先生」

「そうだ。そこでこの暗号をよく見ろ、『二』と『三』と『四』がある」

「『三』はどうしてねえんでしょうか」

「いや、実はある。おまえの目には見えないだけだ」

「――――？」

「つまり、これはだな、十二支と『一』から『四』までの数字を使って、いろは四十七と『ん』をあらわしておるのだ」

「てえっと、この鶏とは馬ってのは、十二支の酉《とり》や午《うま》なんで」

「そうだ。それを図にするとこうなる」

蘭軒は懐から出した図を松次郎へ示した。

「先生、これは？」

「ちっとは自分の頭で考えたらどうだな」

「お願いしますよ、先生」

「これほど簡単なものはない。たとえば、おまえの名の『ま』だが、『羊』の欄の二段目にある、だから『ま』は『羊の二』、同じように『つ』

	鼠	牛	虎	兎	龍	蛇	馬	羊	猿	鶏	犬	猪
	子	丑	寅	卯	辰	巳	午	未	申	酉	戌	亥
一	い	ほ	り	わ	れ	な	ゐ	や	こ	さ	み	も
二	ろ	へ	ぬ	か	そ	ら	の	ま	え	き	し	せ
三	は	と	る	よ	つ	む	お	け	て	ゆ	ゑ	す
四	に	ち	を	た	ね	う	く	ふ	あ	め	ひ	ん

は『龍の三』になる」

「——でも、先生、ちょっと待って下さいよ。先生のくれた紙には、わたしの名を『羊の三』『龍の二』と書いてましたよ」

　松次郎はそれを見直した。

羊	
三	
二	
龍	

　確かに、まちがいない。羊三、龍二なら『け』『そ』じゃないのか。

「そこが素人のあさましさだな」

　蘭軒はにやにや笑った。

　越前屋の娘の梅と市造に解読を頼まれた易者の伏龍堂も同じ疑問にぶつかっていた。

「市造さん、これは『鶏の二』『馬の一』『蛇の四』じゃないんだよ」

　伏龍堂の言葉に、市造は目を丸くして、

「でも、こう書いてあるじゃありませんか」

「はは、これは目くらましさ。いいかい、もしその通りなら、どうして升目《ますめ》に書かねばいけないのか、わからんじゃないか。ただ『二鶏一馬四蛇』と続けて書けばいいことになる」

	二
一	
四	

「そうですね」

「だから、数だけ拾ってみようか」

「はい」

「わかるね。最初に言ったろう、これはね、どの升目が『二』『三』『四』かを、あらわしているに過ぎないのさ」

「――じゃ、三がないのは」

「升目のうち三つが決まれば、もう一つも決まるだろう。決まりきったことを書かなくてもいいじゃないか。こうだよ」

一	二
四	三

市造はそれを眺めていて、ようやくわかった。

「ああ、そうか、先生。つまり『鶏』は二じゃなくて一なんだ」

「そうそう、馬は一じゃなくて四だ。そして蛇は四じゃなくて二なんだよ。それで読んでごらん」

市造は伏龍堂が書いてくれた図を見た。

「『鶏の一』は『さ』、『馬の四』は『く』、『蛇の二』は『ら』、『さくら』かあ」

市造は喜んで立ち上がった。

「先生、ありがとうございました。御礼はあとで充分にさせて頂きます。早速、御隠居のところへ」

「まあ、待ちなさい」

「――――？」

「少し頭を冷やした方がいい」

「そんな悠長なことは言ってられません」

「御礼なんぞはどうでもいいが、ここは少し待ちなさい」

伏龍堂は市造の手をしっかりと摑んだ。


その頃、松次郎はもう幸右ェ門のところへ行っていた。

「わかったかね、わしの一番好きなものが」

隠居は微笑を浮かべて言った。

「へえ」

松次郎は身を乗り出すようにして、

「『さくら』でございましょう」

と言った。

(これでお梅さんもわたしのものだ)

松次郎は、しかし、次の瞬間、奈落の底へ落とされた。

「残念だね、違いましたよ」

隠居は確かにそう言ったのである。

「そんな馬鹿な!」

松次郎は危うく隠居の幸右ェ門の胸倉をつかむところだった。

「『さくら』でしょう? 『さくら』じゃねえって言うなら、一体何なんですか」

幸右ェ門は笑って、

「おまえさんには、どうも商人《あきんど》にとって、いや人にとってと言おうかね、人にとって一番大事なものが欠けているんじゃありませんか?」

「えっ、それは一体何で」

「常識《ひとのみち》さ」

「へっ?」

「常識を忘れちゃいけませんよ。それなしでは世の中は渡っていけません」

「――――?」

「わからないかね。まあ、それなら仕方がないね。おまえさんとの話は無かったことにしてもらおう」

「そんな殺生《せっしょう》な」

松次郎は、すがるような目付きをしたが、幸右ェ門は構わずに、ぽんぽんと手を叩いた。

「お客様のお帰りだよ」

「どうやら、松次郎も音吉さんも暗号を解いたはいいが、孫娘の婿にはふさわしくないと、追い返されたらしいね」

易者の伏龍堂は微笑を浮かべて、市造に言った。

「へえ」

「どうだ、わたしの言うことを聞いてよかったろう？　あのまま御隠居のところへ駆け込んでいたら、あんたも今頃、そう言われていたよ」

「まったく、先生のおかげで」

市造は狐につままれたような顔をしていた。

市造は伏龍堂に、幸右ェ門の出した暗号を解いてもらった。これで、お梅と添いとげられると、すぐにでも駆け込もうとした市造を、伏龍堂は必死にとめた。

その時は、何で邪魔をするのかと、いぶかしく、いや、突き飛ばして行こうとすら思ったのだが、伏龍堂があまりに必死にとめるので思いとどまったのである。もし、あの時思いとどまっていなかったらと、市造は今もぞっとしている。

「先生、一体どうしたことなんでしょう」

「うん、どうやら、こんなことじゃないかと思ってはいたんだが」

伏龍堂は顎ひげを撫でながら言った。

「それは、一体どういう？」

市造は救いを求めるように言った。

「市造さん」

「はい」

「これはね、暗号の問題じゃないんだよ」

「えっ」

市造は聞き違いかと思った。

幸右ェ門は暗号を出して、ここに自分の一番好きなものがあるから当ててみろと言った。それを当てた人間を孫娘の婿にするという趣向《しゅこう》ではなかったのか。

「それそれ、それがそもそもおかしいよ」

伏龍堂は笑って、

「仮にもだよ、目の中に入れても痛くない孫娘の婿を、そんな趣向で遊ぼうなんて。これには越前屋の行末《いくすえ》もかかっているんだよ。そんなもので遊ぶと思うかい。まして人に答えを考えてもらってもいいなんて、おかしいとは思わないか」

「でも、先生、御隠居は確かにそうおっしゃったんで」

市造は、反駁するように言った。

「本当にそう言ったのかい」

「えっ」

「いいかい、これからはおまえさんの頭で解くんだ」

「でも、先生、わたくしにはそんな頭が——」

「一番肝心なのはね、市造さん、常識《ひとのみち》だよ」

「常識？」

市造はまた狐につままれたような顔をした。

「ははは、難しく考えちゃだめだよ。もう一度、御隠居がどういう風に言ったか、その場のことをよく思い出すんだ。常識、これを忘れちゃいけないよ」

「はあ」

「じゃ、お帰り。もう恋敵《こいがたき》はいないんだ。あせらずじっくり考えてごらん」

市造はそれから二日、仕事がおろそかになるほど、本当にじっくり考えた。

(御隠居がどういう風に言ったか、その場のことをよく思い出すんだ)

伏龍堂は確かにそう言った。

市造は目を閉じて、鎌倉河岸の隠居所の情景を思い浮かべた。

数寄《すき》をこらした趣味のいい屋敷、庭には池があり、ちょうど白梅、紅梅が咲き誇っていた。

幸右ェ門は確か、こんな風に言った。

「――それはね、判じ物、唐《から》の言葉で言えば暗号というやつさ。わしの一番好きなものの名が、それを解けばわかる。だから、それを解いておくれ。そのうえで、わしの一番好きなものの名をあてたら、その男を梅の婿にしようじゃないか。いいかい、早い者勝ちだよ」

その暗号を解くに際して、人の力を借りてもいい、「人の力をうまく借りるのも商売では大切なことだから」とも幸右ェ門は言った。

だから「人の力を借りて」暗号を解いた。

その結果「さくら」と解読できた。

これは正しい答えのはずだった。
しかし、幸右ェ門はそれは違うと言ったらしい。
どうしてか？
（暗号を解けば、それが答えじゃないのか）
市造はもう一度、御隠居の言葉を頭でなぞってみた。
それに梅の顔が浮かび、庭に咲いていた花がだぶった。
「あ」
市造は思わず声を出した。
ようやく伏龍堂の言ったことの意味がわかったのである。
（どうしてこんな簡単なことがわからなかったんだろう）
市造はそのまま走り出した。
息せききって、市造は幸右ェ門の前に現れた。
幸右ェ門は微笑を浮かべて、
「わかったかね。わしの一番好きなものが」
「わかりました」
市造は胸を張って言った。

「ほう、では言ってごらん」

「孫娘の、お嬢さま、お梅さんでございましょう」

幸右ェ門はちょっと驚いたように、

「ほう、どうしてそう思う。あの暗号は解かなかったのか」

「解きました。いえ、解いてもらいました。答えは『さくら』でございます」

「ならば、どうして『さくら』じゃなくて『お梅』なんだい？」

「あの時、御隠居はこうおっしゃいました。この暗号を解けば、わしの一番好きなものの名がわかる。だから解いて、そのうえでわしの一番好きなものの名を当ててたら
――確かにこうおっしゃいました。暗号の答えが『一番好きなもの』だとは一言もおっしゃっていません」

「ほう、なるほどな。しかし、どうして『お梅』になるのかは、まだよくわからんが」

幸右ェ門はとぼけていた。

市造は別に腹も立てずに、

「あの暗号の答えは、あくまで本当に好きなものを当てるための手がかりに過ぎませんでした。好きなものは『花』とおっしゃりたかったのだと思います。『さくら』ではないが、花の一つ、となれば梅の花に決まっております」

「どうしてわかる?」

「このお庭にも紅白一対の梅が植えられておりますし、何よりも大切な、たった一人の孫娘の名を『梅』とおつけになったじゃありませんか、一番お好きな花だからこそ、一番大事な孫娘につけた。となれば、最後の答えは花の『梅』ではなく人の『梅』、お梅お嬢さま以外にはございません」

市造は幸右ェ門を正視して言った。

「はっははは、その通りだ」

幸右ェ門は心から嬉しそうに、

「人の話をよく聞いて、常識をわきまえる。人として生きていくのに、これほど大切なことはありません。だが、松次郎と音吉はそれがわかってはいなかった。わしが大切な孫娘の婿を、たかだか暗号を解いたぐらいで選ぶはずがないではないか。だがな、あの二人は暗号を解くことに熱中して、そのことが見えなくなっていたのだよ。おまえさんだけだな、そこまで考えたのは」

「実は御隠居、伏龍堂と申される易者の先生が――」

「もういい」

幸右ェ門が手で制して、

「人の力をうまく借りるのも、商人の力量のうちだよ。おまえさんは、いい人を知っているようだね」

庭の梅の木でウグイスが鳴いていた。

一カ月後、市造と梅は目出たく夫婦《みようと》になった。

解説

小梛治宣《おなぎはるのぶ》（文芸評論家）

井沢元彦のデビュー作『猿丸幻視行』（一九八〇）は、江戸川乱歩賞史上、仁木悦子『猫は知っていた』（一九五七）、高橋克彦『写楽殺人事件』（一九八三）、藤原伊織『テロリストのパラソル』（一九九五）などとともに五指に入る傑作であった。初刊から四半世紀以上経った今読んでも、その面白さはまったく変わらない。否、むしろ知的興奮を与えてくれるミステリーに出会うことが少なくなった昨今では、『猿丸幻視行』の価値はさらに上昇していると言えよう。

『猿丸幻視行』で歴史ミステリーの旗手となった著者は、その後も「歴史」に材をとったミステリーを矢継ぎ早に発表する。最近では、ベストセラーとなった『逆説の日本史』（小学館）のような歴史ノンフィクションに仕事の比重を移している著者だが、小説作りの旨さには並々ならぬものがある。とくに、歴史（時代）短編の水準の高さは別格であろう。本書には、そうした別格の味わいを堪能できる七つの短編を収めてある。

　では、その中味を簡単に紹介してみよう。

　表題作「天正十二年のクローディアス」は、高木彬光の『邪馬台国《やまたいこく》の秘密』や『成吉汗《ジンギスカン》の秘密』に代表される「歴史検証型」ミステリーである。あの武士道のお手本のように思われている『葉隠』を、鍋島化猫騒動と関連させながら検証し、常識とはまったく異なる評価を下してしまう。「検証型」に適しているのはむしろ長編の方であろうが、この作品では、本家の龍造寺家を乗っ取った鍋島直茂をシェークスピア『ハムレット』の悪役クローディアスに見立てながら、みごとな短編に仕立てている。

　本作のなかで、著者の分身ともいえる主人公がこう語っている。《「実際に起こった歴史上の事件を赤穂事件と呼び、それを演劇化したものを忠臣蔵と呼ぶわけだ。事実と、脚色された虚構、当然二つは別のものだ。それを峻別しない限り歴史の真相は見えてこない。」》

　これが、検証型の歴史ミステリーに対する著者の姿勢といってもいい。このなかで、「いずれ忠臣蔵をテーマにした歴史推理を書くつもりだ」と主人公に語らせているが、それは『忠臣蔵　元禄十五年の反逆』（一九八八）という形で実現する（そこでは本作と同一人と思われる主人公が、劇作家・道家和彦として登場している)。この作品で、著者は赤穂事件と忠臣蔵の常識のすべてを覆すという離れ業を演じてみせてくれる。また、本作のテーマは、『葉隠三百年の陰謀』(一九九一)という形で長編化されている。

また、本作と同じスタイルで書かれた短編としては、武田家滅亡後も生き残った武田信玄の甥穴山梅雪《あなやまばいせつ》を扱った「神なる人の犯罪」(作品集『七つの迷路』に収録)などがある。

「修道士《イルマン》の首」は、歴史上の人物が探偵役を務めるというスタイルの歴史ミステリーである。森鷗外を探偵役にした海渡英祐『伯林《ベルリン》——一八八八』(一九六七)や夏目漱石が事件に巻き込まれる島田荘司『漱石と倫敦《ロンドン》ミイラ殺人事件』(一九八四)などがすぐに思い浮かぶが、著者にもこのタイプの作品は多い。そもそもデビュー作の『猿丸幻視行』が折口信夫《おりぐちしのぶ》を探偵役にしていた。ほかにも、長編の『ダビデの星の暗号』(一九八五)や『義経幻殺録』(一九八六)では芥川龍之介が、山城屋和助事件の真相に迫る「暗殺」(『明智光秀の密書』に収録)では勝海舟がそれぞれ探偵役として活躍している。

さて、「修道士《イルマン》の首」では、「金毛天狗」となって巷を騒がせ、殺人まで犯してしまう修道士の事件の謎を織田信長が解いていく。この作品は「織田信長推理帳シリーズ」第一弾『修道士《イルマン》の首』（一九八三）に収められているものだが、同シリーズには他にも『五つの首』（長編、一九八五）と『謀略の首』（一九九二）がある。合理的かつ近代的な思考のできる探偵役に織田信長を起用した点、作者の炯眼《けいがん》と言うべきであろう。

ちなみに、著者には信長が本能寺の変で討たれることがなかっとしたら、という「if の歴史」を前提にした『洛陽城の栄光　信長秘録』（一九九三）や『日本史の叛逆者――私説本能寺の変』（一九九八）といった長編もある。それらの作品は、作者の歴史に対する柔軟な姿勢と物語作りの非凡さを示しているとも言える。

歴史上の人物という点では、宮本武蔵を主人公とした「太閤の隠し金」と「剣鬼過たず」も同じである。「太閤の隠し金」では、大坂夏の陣直後、落武者となった武蔵が、播州山中に埋蔵されている五百万両の黄金をめぐる事件に巻き込まれる。

一方、「剣鬼過たず」では、すでに老境に入り熊本細川藩の客分として遇せられている武蔵が、世子の暗殺未遂事件の謎を解いていく。武蔵は、老いに怯《おび》え自信を喪失しかけながらも、それを克服し事件の真相に迫る。剣鬼の心の襞《ひだ》が巧みに描き出されている点が読み所でもある。著者には他にも、自らの贋者を追ううちに政争に巻き込まれていく武蔵の姿を描いた長編『光と影の武蔵』（一九八五）がある。

「賢者の復讐」の主人公、果心居士も歴史上の人物といえば言えなくもない。司馬遼太郎にも「果心居士の幻術」（作品集『果心居士の幻術』に収録）という短編があるほどである。その正体不明の謎の修験者、果心居士のもとを、太閤秀吉からの使いが訪れる。不老不死の秘法を伝授して欲しいというのである。六十二歳となった太閤は、我が子捨丸《おひろい》（秀頼）の行く末が心配で死ぬに死ねないのだ。天下を取って思い上がっている秀吉に一泡吹かせてやろうと考えた居士は、ある妙案を思いつく。役行者《えんのぎょうじゃ》から伝わる不老の仙薬を直々持参してきた居士と、それを何としても手に入れたい秀吉との間で虚々実々のやりとりが繰り広げられる。居士が最後に用いた手段は、絶対権力者の心に「悔しさ」という消えることのない傷を与えることになる。その妙手とは……。

「明智光秀の密書」と「三匹の獣」は、「いろは歌」を暗号に見立てた『猿丸幻視行』同様に、暗号トリックを軸に据えた作品である。「明智光秀の密書」では、信長を討った直後の光秀が、高松の毛利氏に庇護されている将軍足利義昭に密書を送るのだが、それは毛利と戦っている秀吉の手に落ちてしまう。苦心の末解読に成功した軍師黒田官兵衛が、次に打った秘策とは……。そこに本作の面白さも凝縮している。

同じ暗号でも「三匹の獣」の方は、婿《むこ》選びにそれを使おうというのである。江戸の材木問屋の隠居が孫娘の婿を選ぶために一つの趣向を考えた。三人の候補者の内で、最も速く暗号を解き隠居の一番好きなものを言い当てた者を婿にするというのだ。実は、暗号を解いたその先に、もう一つ関所が設けられていた。「常識《ひとのみち》」をわきまえることで、自ずと浮かんでくる真の答えとは……。ほのぼのとした味わいの中にも鋭い風刺の利いた、他の六編とはちょっと味わいの異なる一編である。

「歴史」という素材を巧みに用いながら虚実入り交じった「物語」を構築する——という作者ならではの技が、これら七編には詰まっている。しかも、その底流には「井沢史観」とも言うべき作者独自の「歴史観」が確固として存在している。だからこそ、格別の面白さがあるのである。

その意味では、「井沢史観」によって書かれた『逆説の日本史』（とりわけ第十巻〜第十二巻）を、本書と併《あわ》せて読んでみるのも一興であろう。

本書のプロフィール

「天正十二年のクローディアス」（「小説新潮」一九八八年増刊夏号）「修道士の首」（「小説現代」八一年五月号）「明智光秀の密書」（「小説現代」八一年三月号）「太閤の隠し金」（「週刊小説」八三年十月二十一日号）「賢者の復讐」（「週刊小説」八二年三月二十六日号）以上五作品を収載した単行本が「天正十二年のクローディアス」の表題で有楽書林より九二年六月刊行された。「剣鬼過たず」（「週刊小説」八三年七月一日号）九三年廣済堂文庫「剣鬼情炎」に収載。「三匹の獣」（スミセイ・ノベル　ミステリー・エクスプレス）九六年廣済堂文庫「剣獣」に収載。

自選短篇集《じせんたんぺんしゅう》　歴史《れきし》ミステリー編《へん》

天《てん》正《しょう》十《じゅう》二《に》年《ねん》のクローディアス

著者　井《い》沢《ざわ》元《もと》彦《ひこ》

二〇〇七年十二月十一日　初版第一刷発行

編集人――飯沼年昭
発行人――佐藤正治
発行所――株式会社　小学館
〒一〇一―八〇〇一
東京都千代田区一ツ橋二―三―一
電話　編集〇三―三二三〇―五六一七
販売〇三―五二八一―三五五五
印刷所――図書印刷株式会社

ISBN978-4-09-408231-9

小学館文庫